南丁
小传

南丁（1931—2016），当代著名作家。

原名何南丁，曾用名何铿然、何必、何家英。安徽人，祖籍长江北岸的安庆，出生于淮河之南蚌埠一个电业工人家庭。

十八岁出门远行，来到黄河岸边的河南，先在开封，后迁郑州，在河南省文联从事过编辑、创作、组织等工作。

编辑过二十世纪五十年代初的《翻身文艺》（于1957年更名为《奔流》）。八十年代初，主持创办《莽原》。

由于二十世纪五十年代至七十年代中期的中国政治运动频仍，只能断断续续地写作。其于五十年代所写的短篇小说《检验工叶英》，入选人民教育版的高中文学课本和《中国新文艺大系》《中国新文学大系》等。短篇小说《科长》也被收入多种选本。五十年代所写的杂文《糊涂涂·常有理·惹不起》，被收入《中国新文学大系》等多种选本。七十年代所写的短篇小说《旗》被收入《新中国六十年文学大系》。八十年代所写的散文《魂系太行》，被收入《中国新文学大系》。多部作品被译为英文出版。

二十世纪八十年代初，开始主持河南省文联工作，任河南省文联主席、党组书记，至九十年代初因年龄原因退出。这段时光，其本人中断了小说创作，致力于组建文学豫军，河南省文艺界呈现初步繁荣局面。

其在任期间及晚年，间写大量散文、随笔、评论、序跋等。

南丁的文学观，其自二十世纪八十年代以来多次阐释并一贯坚持，即："每一个个体生命中，都储存有煤、油、气等能源矿藏，文学就是要将这能源开发，使生命有意义地有意思地有意味地燃烧。或者说，让生命灿烂地美丽地优雅地绽放。从某种角度说，文学就是精神能源学。"

百年
中篇
小说
名家
经典

BAINIAN
ZHONGPIAN
XIAOSHUO
MINGJIAJINGDIAN

总主编 何向阳

本册主编 何向阳

南丁 著

新
XIN

绿
LÜ

河南文艺出版社
·郑州·

一种文体与
一百年的民族记忆

何向阳　（丛书总主编）

　　自 20 世纪初,确切地说,自 1918 年 4 月以鲁迅《狂人日记》为标志的第一部白话小说的诞生伊始,新文学迄今已走过了百年的历史。百年的历史相对于古老的中国而言算不上悠久,但 20 世纪初到 21 世纪初这个一百年的文化思想的变化却是翻天覆地的,而记载这翻天覆地之巨变的,文学功莫大焉。作为一个民族的情感、思想、心灵的录记,从小处说起的小说,可能比之任何别的文体,或者其他样式的主观叙述与历史追忆,都更真切真实。将这一百年的经典小说挑选出来,放在一起,或可看到一个民族的心性的发展,而那可能被时间与事件遮盖的深层的民族心灵的密码,在这样一种系统的阅读中,也会清晰地得到揭示。

所需的仍是那份耐心。如鲁迅在近百年前对阿Q的抽丝剥茧,萧红对生死场的深观内视,这样的作家的耐心,成就了我们今天的回顾与判断,使我们——作为这一古老民族的每一个个体,都能找到那个线头,并警觉于我们的某种性格缺陷,同时也不忘我们的辉煌的来路和伟大的祖先。

来路是如此重要,以至小说除了是个人技艺的展示之外,更大一部分是它的社会人众的灵魂的素描,如果没有鲁迅,仍在阿Q精神中生活也不同程度带有阿Q相的我们,可能会失去或推迟认识自己的另一面的机会,当然,如果没有鲁迅之后的一代代作家对人的观察和省思,我们生活其中而不自知的日子也许更少苦恼但终是离麻木更近,是这些作家把先知的写下来给我们看,提示我们这是一种人生,但也还有另一种人生,不一样的,可以去尝试,可以去追寻,这是小说更重要的功能,是文学家个人通过文字传达、建构并最终必然参与到的民族思想再造的部分。

我们从这优秀者中先选取百位。他们的目光是不同的，但都是独特的。一百年，一百位作家，每位作家出版一部代表作品。百人百部百年，是今天的我们对于百年前开始的新文化运动的一份特别的纪念。

而之所以选取中篇小说这样一种文体，也是出于这个原因。

中篇小说，只是一种称谓，其篇幅介于长篇小说和短篇小说之间，长篇的体积更大，短篇好似又不足以支撑，而介于两者之间的中篇小说兼具长篇的社会学容量与短篇的技艺表达，虽然这种文体的命名只是在20世纪的七八十年代才明确出现，但三四十年间发展迅速，其中的优秀作品在不同时期或年份涵盖长、短篇而代表了小说甚至文学的高峰，比如路遥的《人生》、张承志的《北方的河》、莫言的《透明的红萝卜》、韩少功的《爸爸爸》、王安忆的《小鲍庄》、铁凝的《永远有多远》等等，不胜枚举。我曾在一篇言及年度小说的序文中讲到一个观点，小说是留给后来者的"考古学"，它面对的不是土层和古物，但发掘的工作更加艰巨，因为它面对的是一个民族的精神最深层的奥秘，作家这个田野考察者，交给我们的他的个人的报告，不啻是一份份关于民族心灵潜行的记录，而有一天，把这些"报告"收集起来的我们会发现，它是一份长长的报告，在报告的封面上应写着"一个民族的精神考古"。

一百年在人类历史上不过白驹过隙，何况是刚刚挣得名分的中篇小说文体——国际通用的是小说只有长、短篇之分，并无中篇的命名，而新文化运动伊始直至 70 年代早期，中篇小说的概念一直未得到强化，需要说明的是，这给我们今天的编选带来了困难，所以在新文学的现代部分以及当代部分的前半段，我们选取了篇幅较短篇稍长又不足长篇的小说，譬如鲁迅的《祝福》《孤独者》，它的篇幅长度虽不及《阿 Q 正传》，但较之鲁迅自己的其他小说已是长的了。其他的现代时期作家的小说选取同理。所以在编选中我也曾想，命名"中篇小说名家经典"是否足以囊括，或者不如叫作"百年百人百部小说"，但如此称谓又是对短篇小说的掩埋和对长篇小说的漠视，还是点出

"中篇"为好。命名之事,本是予实之名,世间之事,也是先有实后有名,文学亦然。较之它所提供的人性含量而言,对之命名得是否妥帖则已显得不那么重要了。

值此新文化运动一百年之际,向这一百年来通过文学的表达探索民族深层精神的中国作家们致敬。因有你们的记述,这一百年留下的痕迹会有所不同。

感谢河南文艺出版社,感动我的还有他们的敬业和坚持。在出版业不免利润驱动的今天,他们的眼光和气魄有所不同。

2017 年 5 月 29 日　郑州

目录

一

王家兴最害怕的是潘淑芝的那一对眼睛。

其实，那一对眼睛并没有什么特别，甚至看起人来是温和的，一点没有凶恶得叫人害怕的地方。一对平平常常的农村少妇的眼睛。而王家兴却害怕它，他在那眼睛里看到了放射出的幸福的光彩时，就也看到了自己的灾难。他害怕看到它，可是，他和潘淑芝住在一个大院子里，差不多每天都要碰到她，有时一天要碰到好几次，碰到她时，就总也要看到他所害怕的那一对眼睛。王家兴每一次遇见潘淑芝，总是笑一笑，点点头，招呼说"吃过了吗，李大嫂？"这一类的话。

潘淑芝在这种情况下也总是报之一笑，多半是不说什么的，王家兴在这笑声里也仿佛听到了于自己不利的事情的兆头。他又害怕这笑声，又想听这笑声；他又害怕那一对眼睛，又想看那一对眼睛。他害怕，是因为它们老是使他心惊肉跳忐忑不安，老以为自己在下一分钟就要倒霉。他想看一看那一对眼睛或是听一听那笑声，是想从它们里面侦察一下这女人的心思，是想看出一点什么来，听出一点什么来。

王家兴长久地患着失眠症。夜夜他听着老婆和孩子的鼾声，自己也努力地闭紧眼，却睡不着。听到了一点响声，他就惊得坐了起来，大睁着眼睛瞪着门、窗。有时，他也爬起来从门缝里偷偷地看对面潘淑芝屋里的窗纸上是否还有亮。他恨潘淑芝恨得牙都要咬碎了，他躺在床上想：这女人是什么都不顾的，连她丈夫的叔伯哥哥都检举了。枪毙李玉山那天他也在那里，那已是一年多以前的事了。可是现在想起来那红的血白的脑浆，他还是直发抖。他想总有一天这女人也会给自己带来这样的命运，也许就是明天，也许就是今天夜里。这样想着的时候，他就恐怖地爬了起来，从门缝里偷偷地看着潘淑芝的窗子。

有一天，已经夜深，王家兴看到潘淑芝的窗子还亮着，他的心猛一跳，想：这女人在捣什么鬼，半夜三更的。一个要杀死潘淑芝的念头闪到他的脑子里，他摸到了一把菜刀，轻轻地开了门，蹑手蹑脚地走到了潘淑芝的窗前，看到了映在窗纸上的潘淑芝的影子，还听到了"沙沙"的声音，那是钢笔写在纸上所发出来的。王家兴在心里"哼"了声，又在心里说：

"你这个鬼娘儿们，写我的材料呢，叫你写，叫你写！一会儿就叫你见阎王。"

他用左手试了试刀的锋刃，轻轻地敲了敲门。

"谁？"声音大得击碎了夜的寂静，差不多整个大院子都能听见，而门却没有开，窗纸上的人影也一下消失了。

王家兴没有敢回答，像猫那样又偷偷溜回自己的屋子。躺在床上，好久都没有把激烈跳动的心平复下来。他喘着气，咬着牙，后悔自己的软弱，竟没有把那女人杀死，偷偷地溜了回来。以前的"种"哪里去了？六尺的大汉子都给他宰了，手都没有哆嗦一下，今天却叫一个小女人吓了回来。他想：有这女人在，不但自己这村代表主任坐不稳，连命也说不定什么时候就丢了。他又想：刚才她听出是谁来了吗？我的老天爷。想到这里，他又哆嗦着爬了起来，从门缝里看去，对面的窗子没有亮，大院子里一片乌黑。他轻轻地啐了一口，紧紧地握着拳头，心里说：

"迟早，迟早，你这个鬼娘儿们。"

第二天，王家兴故意找机会碰见潘淑芝，看她的眼睛，并找话和她说。潘淑芝和往常一样报之一笑，不多说什么。可是，王家兴却觉得她笑得有些异样，他觉得她的眼睛好像是说：

"昨天夜里你想干什么？你这个反革命，你这个杀人犯！"

他伪称头疼，一天没到别的地方去，只盯视着潘淑芝是否把昨天夜里写的材料送到乡里去了。

二

王家兴害怕潘淑芝是有道理的。

可是，他想杀害潘淑芝的那天夜里，潘淑芝却并不是在写他的材料。潘淑芝在给自己的丈夫李玉田写信。李玉田在城里一家木工作坊做工。这村子离城有六十多里路，三五个月他才回来看看妈妈和妻子，有时候，只是碰上过年过节才回来住上三五天，就又赶回城里去。李玉田不常回来，一来是路远，二来是作坊的活儿忙，三来是他和潘淑芝结婚六七年了，结婚的第二年添了个小男孩，可是那小男孩还没长到一岁就夭折了。据婆婆说是那孩子命短。这以后，潘淑芝就再没有生育过。婆婆常为此事唠叨，丈夫的心里也是老大的不痛快。没有孩子，家里冷冷清清的，就不像个家的样子。但李玉田之所以不常回来，最主要的还是他与潘淑芝的感情不好，他并不爱自己的妻子，妻子不会给自己生儿子，妻子检举自己的叔伯哥哥，都招致了他的不满。潘淑芝呢，也不像一般的妻子盼着丈夫那样盼着李玉田回来，老没有在一起好好地生活过，对于她，好像也习惯了。

那天夜里，潘淑芝给丈夫写信，是写自己怀孕了，叫他再回来时带些红糖扯些布。本来潘淑芝并不想把怀孕的事写信告诉丈夫，红糖、布什么的在村子的合作社里也都能够买到，而且怀孕才三个月，离分娩也还早。可是，满心高兴地盼着孙子的婆婆，要媳妇写信给儿子，好叫儿子早知道好早高兴。潘淑芝自己也为快做妈妈了高兴。白天人来人往的又加上没有工夫，她就在夜间等婆婆睡了，铺开一张纸，凭着在民校学来的那些字，在慢慢地往纸上写。

潘淑芝费了好大的劲写好了，从头到尾地看一遍，字有大有小，又歪歪扭扭的，觉得不好。她换了一张纸，重新开头写，正写到一半时，传来了我们前边说过的那轻轻的敲门声。在静寂的夜里，轻轻的敲门声总是比重重的敲门声更为可怕，它显得鬼鬼祟祟。因此，潘淑芝才惊恐地大声喊出来：

"谁？"

这女人很机警，她连忙吹灭了灯，却不开门，等了一会儿，没有人应声，她更知道那敲门的人不是个好人。

她那一声喊叫，把婆婆也惊醒了。婆婆问怎么回事，她支支吾吾地说没有什么，婆婆就又睡了。

潘淑芝也躺上了床，心怦怦跳地揣测着那不怀好意的敲门的人是谁。她先以为是民兵李三娃。李三娃看潘淑芝虽是二十五六的人了，却还长得年轻标致，丈夫又不常回来，就有意多接近她。他与潘淑芝从土改闹翻身那会儿就混得熟了。三娃有意接近潘淑芝那时候，还没有农业生产合作社，互助组也不多，他就常常帮潘淑芝家做些活儿，如挑挑水什么的，并且说：

"大嫂，大哥不在家，有什么事支使我好了。"

慢慢地他就和潘淑芝愈益亲热起来，慢慢地他就说些叫女人听了要心动的话来。前几天的一个晚上开完会回来，走在路上，三娃乘着黑乘着没有人，竟一把抱住潘淑芝要亲她，潘淑芝放下了脸子说：

"我要喊了，你这个鬼。"

三娃死死地抱住她，纠缠住说：

"嫂子，就这一回，就这一回，嫂子。"

潘淑芝死命地挣脱了他的怀抱，说声：

"来人了。"

三娃一下在黑暗里没有了影子，潘淑芝自己也连忙跑回了家。

那以后的第二天，三娃来过一次，潘淑芝没有给他好脸子看，三娃悻悻地走了，就再也没有来过。潘淑芝也没有看见过他。

潘淑芝以为就是这个李三娃来敲门的。她觉得自己的脸都发烧了。

她想：这个鬼也是，年轻力壮的，那么多的姑娘不去找，偏要来找我。她这样想，也不知是怪怨三娃，还是为自己高兴。她自己也弄不清楚。

潘淑芝想到三娃的有力的臂膀，想到他的憨厚的脸庞，那脸上流露出孩子似的天真。她有些惶惑：是什么力量使自己拒绝了这个人？这是一个好的女人、好的妻子的本能吗？她惶惑不解，又连忙想到刚才给丈夫写的信，想到肚子里的孩子，她害臊得全身都发烧了。她把薄薄的被子掀开了一半，好叫自己清醒些。她在心里自己对自己说：

"不行，不行，要对得起丈夫，对得起孩子啊。不能叫别人看笑话啊。李三娃，你这个鬼，你这个鬼啊。"

但是，她心里的这段话，是这样的没有力量，以至连她自己也不大相信。

她好久没有睡着，继续猜想着那敲门的人是谁。

她想也许不是李三娃，院子里的大门是闩着的，三娃总不会翻墙头过来吧。为什么想到那是三娃呢？为什么一定是三娃呢？真不害羞啊。

那就是院子里的人，对，一定是院子里的人。

院子里的人，那是谁呢？

这院子连潘淑芝家一共住了四户人家，一户是李玉山的老婆，带着两个孩子，一户是李金山，他是李玉山的哥哥，也是由于潘淑芝的检举，被判了十五年徒刑，现在正在什么地方劳动改造，家里剩下的也是一个老婆两个孩子，再一户就是王家兴，王家兴家里有一个老婆一个女儿。

就这么几户人家。这几户人家大人小孩都是恨潘淑芝的，都以为是这个女人害了他们的丈夫和父亲。平常见面多半不多说什么闲话。

潘淑芝想，李金山、李玉山家只有妇道人家和小孩子，不会有这样大的胆子半夜敲人家的门。是谁呢，是王家兴吗？

是王家兴吗?

潘淑芝知道王家兴和李玉山、李金山有关系，是一样的坏家伙，却不知这人的底细。关于这事情，她曾到乡里说过，乡里也来调查过，一时没有找到什么证据，就放在那里了。难道是王家兴知道这件事情了，听到什么风声了吗?

潘淑芝想起王家兴的笑，和那千篇一律的寒暄，和那像要探索什么的鬼鬼祟祟的眼睛，又恶心，又难受。

王家兴来干什么? 半夜三更的。潘淑芝一下叫恐怖的感觉抓住了。夜是可怕的又黑又寂静，她几乎又要大声叫喊出来。她把刚才掀开一半的被子拉着蒙住头，心里埋怨起丈夫不在家，家里没有一个男人的难处来了。这院子里，都是什么样的眼睛在看着自己呀。

第二天早晨起来，看到太阳时，她觉得昨天夜里关于李三娃关于王家兴的种种想法，都是无稽的，可笑的。她甚至以为也许并没有什么人敲门，只是自己的敏感和错觉罢了。这么大的太阳，共产党的天下，还能出什么可怕的坏事情吗? 她记得的是，共产党来了只有好事：打倒地主，镇压坏蛋，分土地……她这样想了想，心就平静了。

可是，对王家兴她还是注意的。那天，王家兴故意找机会和她碰面，找话和她说，她都隐隐约约意识到了一点什么。

她本来想把这些想法向谁倾诉一下的，婆婆吗? 那当然不好，最好是向自己的好朋友赵玉兰说说，但她想了想，还是藏在自己的心里。

三

对门两户人家的王家兴和潘淑芝，互相提防着过日子。就这样，过了一些日子。 那些日子有晴朗的好天气，也有一连几天下着愁人的秋雨。

有一天，发生了一件事情。

一连下了好几天雨，那一天雨还是不停，院子里坑坑洼洼的存了不少的水，又泥泞得很。 潘淑芝从外面回来，进了院子没走几步，一失脚摔了一跤，摔得满身是泥是水，那泥水也溅了正在院子里玩的李玉山的孩子小二子满头满脸。潘淑芝爬起来，正待给小二子去擦，小二子却瞪着眼骂起来：

"尻你娘，尻你娘。"

潘淑芝自己摔了一跤，也正没有好气，就说：

"你这孩子，谁教会你骂人的？"一面还是用衣裳襟子去擦那孩子的头脸。 小二子头一甩，哇哇地哭起来，还重复地骂着那句话。

坐在门口做针线的小二子娘，大声叫着：

"二子，给我滚回来。 你爹都惹不起人家，你能惹着人家？"

潘淑芝想，一个做娘的不管孩子骂人，还说这些带针带刺的话，就生气地说：

"二子娘，说话可不要带刺。"

二子娘却不理她，仍在大声叫着二子：

"二子，你还不回来。你这个断子绝孙的。"

这"断子绝孙的"当然是指潘淑芝说的。一个女人不生养，最怕别人说，这是最大的侮辱。潘淑芝肺都要气炸了，气冲冲地走上前两步，说：

"你说谁断子绝孙？"

二子娘把手上的活计往地下一扔，忽地站起来，说：

"说你，说你，能怎样？你能把我竖吃横屙下？你告去吧，我犯不了死罪。"

"二子娘，你也三十多岁的人了，你是吃粮食长大的不是？"

"怎么的？你把俺二子弄得没有了爹，你还想怎么欺负人？你这个断子绝孙的女人，你这个骚货，你能，你能，你怎么不生个一儿两女的？……"

潘淑芝一听这都是一些不可理喻的混话，虽然气得浑身打战，还是让了她，走开了。谁知二子娘却更厉害起来，一迭声地骂出了许多污秽不堪的话，尽是那种不能写在纸上印成铅字的语言。

潘淑芝激怒得全身哆嗦着，失去了抑制自己的力量。

两个女人渐渐走近，扭打起来。

揪着头发，抓着脸皮，拧着胳膊，掐着大腿，在泥里水里滚来滚去。

没有人拉架。 李金山老婆和王家兴老婆是诚心看笑话，巴不得给潘淑芝打得半死才好。 因此，她们只在一边假心假意地说些劝说的话。 潘淑芝的婆婆着急得要命，生怕媳妇打架把孩子打掉了。 可是，她年纪又大，脚又小，不敢到泥里水里去拉架，只在一边叫着：

"淑芝，淑芝，我的亲奶奶，不要打了。"

假意的劝说和着急的嚷叫都无效。 两个女人继续扭打着，直到力量都快用完了，又正碰巧王家兴从外边回来，才把她们拉开。

拉开后，两个女人都像受伤的泥鳅似的，脸上青一块肿一块，流着血，头发蓬乱着。

二子娘坐在泥坑里，任雨水淋着，大声地号啕起来：

"二子爹呀，二子爹啊……"没有个完没有个了。

潘淑芝连眼泪也没有掉。 只是还是气得不行，手还在微微哆嗦着。 婆婆一边埋怨，一边给她找来干衣服叫她换，又一连问了几遍同样的话：

"肚子里怎么样？ 你觉得肚子怎么样？"

四

一辆独轮车停在县法院的门口，独轮车上面坐着一个女人，这女人的脸红肿着，有许多伤痕。 布满了可怕的伤痕的脸，就暴露在外面，连个纱布也没有包。伤痕流着黄水。因为脸肿，那一对小小的眼睛深深地陷到里面去了，这一张脸，善心的过路人看见了，都不由要头皮子一麻，摇一摇头。

这女人就是二子娘。

她是到县法院来告潘淑芝的。

二子娘到县法院来告潘淑芝以前，有这样一件事情。

半个多月以前的那一天，王家兴拉开了二子娘和潘淑芝，先去安慰了潘淑芝，说：

"真不值得，何必跟她反革命分子家属一般见识，看打成这个样子。"又说：

"都怪我这个村代表主任，没有好好地教育二子娘，回头我好好地说说她。"

王家兴说了好多这一类的话，一本正经的，有时，脸上还挂着那种安慰人关心人的笑。

潘淑芝对他这些话这些笑，都没有理睬，只顾自己喘气。婆婆问她肚子里怎么样了时，她也没有回答。婆婆的那些问话，王家兴也是听到了的。

王家兴坐了一会儿，就从潘淑芝的屋子出来，把二子娘拉到屋里，大声地训斥这个女人，声音大得能传到大街上去。大声地训斥以后，静寂了一会儿，只能听到二子娘的默默的呜咽。没有能够听到的是，王家兴让二子娘在伤口上敷上大粪，然后晒太阳，然后用水洗。据说这样可以养好伤。

但此后，伤却愈来愈重。 潘淑芝的伤却慢慢痊愈了。 二子娘找王家兴诉苦，王家兴暗示这女人再制造几个新的伤口，去县法院告潘淑芝。

这就是二子娘到县法院告潘淑芝的一段缘由。

县法院的审判员秦信，看见这个女人布满伤痕的红肿的脸，不由得连连摇头叹气，吩咐立即传来被告。

秦信看见被告席上站着的那个女人，昂着头，瞪着眼，倒好像她是原告似的。 这女人微微隆起的小肚子（这时潘淑芝已经怀孕有五个多月），他也看不惯，就像那也是蛮横的一种表示一样。

泼妇！ 泼妇！ 这个女人把那个女人打得不成人样，难道有什么奇怪吗？ 审判员秦信想。 这被告证实了他看到原告第一眼时就判断被告一定是个泼妇的想法，他很为此高兴。

审判员声色俱厉地问：

"被告人，你叫什么名字？"

"潘淑芝。"

"你是什么地方的人？"

"娘家是潘寨，婆家在李村。"

"今年多大了？"

"二十六岁。"

"被告人潘淑芝，你在回答我以下问题时，务必做到有什么说什么，老老实实。"

潘淑芝心想：哎，你说吧，跟老百姓说话何必绕圈子？我潘淑芝什么时候不老实了？

"被告人潘淑芝，我说的话你听见了吗？"

潘淑芝觉得这个"被告人""被告人"很刺耳朵，就不耐烦地把刚才的想法说了出来：

"哎，你快问吧，快说吧。"

这把秦信激怒了。审判员想：听她说话的口气，倒好像她是审判员，自己是被告似的。为了抑制自己的愤怒，他停了一会儿，才又平静地说：

"被告人潘淑芝，你要认清你自己的身份。"

"我不懂。"

"这是在法庭上。你是被告人。"

"在法庭上怎么样？被告人怎么样？是反革命就该镇压，是好人就得放人家回家。法庭也是毛主席领导的。"

秦信心里说：

"嘁，能说会道的刁妇，倒教训起人来了，反革命要镇压，好人要放人家回家。把人打成这个样子，也能叫作好人吗？"他又想：要平静，要平静，要是一个审判员在法庭上和一个被告人吵起架来，那才是天大的笑话。

"我是什么身份，我自己明白，我是翻身的贫农，贫苦的庄稼人。"

秦信一再在心里警告自己要平静，却不想两声冷笑从嘴里钻了出来。冷笑的声音很难准确地形容，它是介乎"哼哼"和"嘿嘿"之间的。

"你笑什么，同志，我说得不对吗？"

"同志"，被告人竟然在法庭上称呼审判员"同志"了，真是前所未闻的事。秦信感到了极大的羞辱，他无法把握自己的情绪了，竟然用右手掌重重地拍击了桌面一下，大声呵责起这个不逊的女人：

"不许胡说乱道。这是在法庭上，我是审判员，你是被告人。我问你什么，你就说什么，我不问，你就什么也不要说。"

潘淑芝头昂得更高，惊讶地看着这位审判员，说：

"那就问吧。"

"你为什么把她打成那个样子！"

那个"她"正站在原告席上，痛苦的肿胀着的脸部，很难于表达任何的感情。

秦信看了看这张脸，就更加严厉地说：

"在你以为，你可以随便把人打成这个样子，你凭什么？你是贫农，贫苦的庄稼人，这是你自己说的，还需要调查。就算像你自己说的吧，是贫苦的庄稼人，可是，法律给你打人的权利了吗？你打了人，你以为就没有制裁你的法律了吗？我看你简直是一个……"下面的两个字是"泼妇"，但为了保持审判的尊严，在这两个字说出来以前，他就留在喉头了。秦信越说越气愤，他接着说：

"法律要制裁反革命，也要制裁那些流氓坏蛋，不管男女。"

这一番话把潘淑芝搞得昏头昏脑，特别是审判员在说到"贫农""贫苦的庄稼人"这些字眼时，带着一种讥讽和轻蔑的语气，使得她嘴唇都气得哆嗦着。后来，什么？竟然骂起流氓坏蛋来了。潘淑芝心想：我的妈，这是谁？这不是共产党法院的法官吗？他是糊涂了还是怎的，怎么竟骂起一个贫农来了？要不，他不是自己人还是怎的？

她说：

"你讲的什么法律，我不懂，可是你不该骂人，法律上面写着叫你骂人了吗？"

"什么法律不法律，那个女人是你打的吗？"

"我们打架，她也打了我的。"

"你的伤呢？"

"我的伤在诊疗所治好了。"

"治好了？那你就把她的伤也给治好。至于该判你什么罪，调查后再说。"秦信把手一挥，结束了这一场审判。

五

潘淑芝出了九斗米给二子娘治伤，受了婆婆好一顿埋怨。

更不好的命运却还在等着潘淑芝。

过了不到十天，据说是调查过了，是潘淑芝先动的手，因此，判潘淑芝半年徒刑，因为被告身怀有孕，监外执行，交村管制。 她听到了判决，要不是努力支撑着，就要晕倒了。

她想：一定是这位法官糊涂，这个法院糊涂。 他还大谈什么法律呢，他自己大半也没有把什么法律弄懂。 他们的上级也许好一些，至少不会如此糊涂吧。 于是，她去找赵玉兰商量，赵玉兰让她上告，潘淑芝上诉到专区人民法院。

她等了又等。 太阳落下去，星星亮了，星星消失了，太阳又升上来。 总算等到了一个结果。 结果是：县法院接到专区法院的一份通知：维持原判。 与此同时，潘淑芝也接到了专区人民法院的一份通知：驳回上诉。 据说这也是经过调查的。

更倒霉的命运又落在潘淑芝的头上。

潘淑芝的肚子一天天地大起来，她已经能够感到那个小生命在肚子里蠕动了。 那小生命在她的肚子里蠕动着，给这女人带来喜悦。

可是，就正在这个时候，村子里飞短流长地传说着：潘淑芝肚子里的货不知是谁的呢；谁知道，是李三娃的吗？ 六年都不生育了，这会儿肚子又大了，怪事，怪事，是谁下的种呀？ 等等，等等。 这些流言也传到婆婆耳朵里了，也传到丈夫耳朵里了。 丈夫一直没有回来，连信也没有捎来过一封。 婆婆对媳妇的肚子慢慢地冷淡了起来，并且常以鄙视的眼睛看着那渐渐大起来的肚子。 那眼睛好像是说：

"你这个不要脸的，你这个不要脸的。"

这样的事情，是连分说也难以分说的，只得默默地忍受着。

潘淑芝是一个机灵的女人，那些流言她也听到过，她懂得婆婆的眼睛，和丈夫为什么连一封信也不捎来。

什么她都懂得，这使她很痛苦。

只有在她跳动的心的下面的小生命，是她唯一的安慰与喜悦了。

王家兴见了潘淑芝，却仍是笑，但那笑里面有一种掩藏不住的恶意。 这一点，潘淑芝是发觉了的。 那笑，在潘淑芝觉得好像是说：

"你总算也落在我的手心里了吧。"

潘淑芝从王家兴的笑里还敏感地意识到，二子娘到县法院去告自己，村子里关于自己怀孕的种种流言，是怎么一回事。 因此，她对王家兴的笑就特别不能容忍，她再不像以前那样报之一笑了，而是对王家兴理也不理。

潘淑芝变得爱痴想起来。 她看着天空，看着土地，看着屋里的陈设，天空，土地、屋里的陈设都还是老样子。 她怎么也不相信自己是被管制分子，她怎么也不相信，怎么也弄不懂，自己——潘淑芝这几个字会和被管制分子这几个字连在一起。 这一切都是做梦吧。 但愿是做梦才好。

被管制，而且是被谁管制呀？ 一个贫苦的庄稼人被他坏蛋管制，我潘淑芝被他王家兴管制，这个王家兴说不定还是一个反革命呢。 这还成什么世界？ 难道说什么又都颠倒过来了不成？ 潘淑芝想。

潘淑芝带着这些想法去找赵玉兰，她想把这些想法都向自己的好朋友倾诉，不管得到或是得不到答案，总能把郁闷的心情弄得畅快一些，赵玉兰不但是潘淑芝的好朋友，而且都在一个青年团小组里，赵玉兰入团的介绍人还是潘淑芝呢。 赵玉兰比潘淑芝小两岁，她一向把潘淑芝当成姐姐看待，而如今，潘淑芝受了刑事处分，团籍是被开除了。

潘淑芝走到赵玉兰的家，在门口碰见了玉兰的婆婆，淑芝问：

"大娘，玉兰在家不？"

玉兰的婆婆打量了一下潘淑芝的肚子，然后一转身，用脊背对着她，冷冷地说：

"不在。"

潘淑芝没有停留，快步地往回家的路上走着，快步地走，这对怀孕的她是多么艰难，可是，她不想在路上多停留，她想赶快回到家去，赶快找一个没有人的僻静的地方，痛痛快快地哭一场。 玉兰的婆婆，这么好心的女人，也这么冷淡地对自己，也用冷言冷语对待自己，这比王家兴那样的坏蛋掩藏不住恶意的一千次的笑，更使她受不了。

潘淑芝刚回到自己的房里，赵玉兰赶了来。 玉兰到潘淑芝这里来，是想随便和她说说话，陪伴陪伴她，散散她的心。 可是，赵玉兰看到潘淑芝眼睛里的泪花时，她不知道说什么好了。 以前，遇到什么为难的事情，总是赵玉兰哭，潘淑芝安慰她，劝说她，赵玉兰没有主意时，潘淑芝给她出主意。 今天，赵玉兰看到潘淑芝的眼泪了，她不知说些什么，该怎么办好了。

潘淑芝先是坐在床上，咬着嘴唇，让眼泪在眼睛里打转，一会儿，就猛地扑在床上，呜咽起来。

赵玉兰连忙坐在潘淑芝的身边，连连问：

"淑芝，怎么了？ 淑芝，怎么了？"

潘淑芝只顾自己呜咽，不回答赵玉兰的问话。 过了好大一会儿，才呜咽着说了几个字：

"活不下去了。"

赵玉兰一惊，连忙抱住潘淑芝，也哭了起来，说：

"淑芝姐，淑芝姐，可不能乱想呀。 能弄清楚，什么都能弄清楚。 淑芝姐，你要是乱想，可不值得呀。"

两个女人默默地呜咽着。

还是潘淑芝先止住了眼泪。 她用手巾擦了擦脸上的泪痕，又把它递给了赵玉兰，说：

"玉兰，擦擦脸，回家吧。 该回家做饭了。"

赵玉兰接过手巾，却不擦脸，只是看着潘淑芝的眼睛，说：

"淑芝姐，你可要答应我，不许胡思乱想啊。"

潘淑芝点了点头，说：

"嗯。"

赵玉兰又千叮咛万嘱咐地坐了好大一会儿，才离开潘淑芝家，回到自己的家去。

一天（冬天已经过去，春天来了），潘淑芝到村头的河边去洗衣裳。在河里，她看到了自己憔悴的面容，还看到了眼睛里正要流下的眼泪。她痴情地看着这面容，这眼泪。这是自己吗？她真想投身到这小河里，让这小河结束掉自己这委屈的、羞辱的、破烂的生活。可是，当她抬头看见蓝色的天空、金色的阳光、绿色的正在茁壮生长的垂杨柳和广阔无垠的绿色田野时，她耻笑起刚才的想法来。她觉得世界这么好，死了才真可惜，才真是傻瓜。应该活下去。她当时想起的应该活下去的理由有两个：一个是为了肚子里的孩子，他已经快来到这世界上了；另一个是为了那个王家兴，他还当着村代表主任，这使她不大甘心。

她洗着衣裳，想着这些念头。突然一块石子飞进了小河，河水溅了她一脸。她回过头来，一看是李三娃红着脸站在她的身后，张着嘴像是想说些什么。她连忙回过头来，心怦怦跳着，不知该说些什么好，但她终于说：

"走开！"

没有回答。她胡乱地洗着衣裳。李三娃急促的粗声的呼吸，她能断续地听到。她知道他还站在那里。她一想到就为了站在自己身后的这个人，自己受了难以分说的屈辱，就又生气地说：

"给我走开。你还想怎样？想叫我死，你就把我推到河里算了。"

"嫂子，都怪我。可你得小心王家兴，这都是他造的谣……"

潘淑芝一咬牙关：果然是这个王家兴。

她洗着衣裳，等着李三娃继续说下去，李三娃却不说了。她比先前温和得多地说：

"你走吧。"

没有回答。她回头一看，早已没有了李三娃的影子。

三娃的出现在她的心里激起了浪花，就像三娃投进河里的石子搅乱了小河的平静一样。她好久没有看到过三娃了，她以为一定是三娃一直在为那天夜里的事情害羞，有意躲避着自己，不想他突然在自己的身后出现了。她不知该骂他一顿还是怎么样才好。

潘淑芝匆匆地洗完衣裳，走在回家的路上，春风抚摸着她，骄阳抚摸着她，她想就为了这春风这骄阳也值得活下去，她又想起了一千条活下去的理由。不知怎的，三娃的突然出现，使她感到自己在这世界上不是孤单的。怎么能够死呢？怎么能够撇下这个世界到另一个不可知的世界去呢？

此后，她不再是默默地忍受了。从她的眼睛里可以看出对自己的处境的抗议来。她常常执拗地和王家兴吵架，甚至也和婆婆顶嘴。

不久，村子里开始了普选。

潘淑芝去找王家兴要选民证，王家兴说：

"被管制分子没有选举权，这是政府规定了的。"说时露出尖利的牙齿，牙齿闪着黑光。不知怎的，潘淑芝看到了这闪着黑光的尖利的牙齿，却引起了一个奇怪的联想：她想起了狗的牙齿。

要了几次，都没能要到选民证，只是看到了引起她恶心的发生奇怪的联想的牙齿。

眼看投票选举那一天就要来到，而潘淑芝仍没有弄到选民证。在村里唯一的街道上贴着红纸黑字的选民榜，那选民榜上，没有地主的帽子还没有去掉的人的名字，没有因反革命或其他罪行判刑或交村管制的人的名字，也没有潘淑芝的名字。潘淑芝，一直为反对这些坏蛋活过来的潘淑芝，今天，却与这些人为伍了。这一点，她想一想都直哆嗦。她还担心：这一次还会把那个王家兴选上吗？

赵玉兰差不多隔一两天要来看她一次，她着急地等玉兰来，想和玉兰商量怎么办。玉兰来了，她和玉兰说了，玉兰只是同情，只是敬佩她在这样的处境还想着大家，却想不出什么好的主意来。

玉兰走后，潘淑芝自己想了想，就拿定了主意。

选举大会那天，潘淑芝一早就赶到了作为会场的村南边的打麦场上。麦场上像赶庙会似的，熙熙攘攘，热闹得很。人人手里都拿着一张选民证，脸上带着笑。只有潘淑芝的手里是空着的。

她看见王家兴穿了件新布衫，喜气洋洋地来了，她不由得啐了一口。 王家兴看见了她，走近来问：

"你来干什么，李大嫂？"

"我来选举。"

"不是跟你说过了吗，你没有选举权。 你正在被管制期间，不能发给你选民证。 请你回去吧。"说着又露出那闪着黑光的牙齿。

这又引起了使潘淑芝恶心的那个联想，她憎恶地啐了一口，就昂起了头，直对王家兴的眼睛看着，大声说：

"连狗都有选民证了，为什么没有我的？"

王家兴避开她的眼睛，连忙跑到会场的中央，大声叫嚷着：

"乡亲们，潘淑芝给大家都骂了。 她是怎么说的，她说连狗都有选民证了，她骂大家都是狗。 这个被管制分子破坏普选，侮辱大家，大家说怎么办？"

会场的这里那里有几个人叫喊出：

"赶她走。"

"把她赶出会场。"

"叫她滚。"

"再多管制她两年。"

很多人的眼睛看着她。 在这些眼睛里面，有二子娘的闪烁着胜利的光芒的眼睛（她脸上的肿已在慢慢消下去，那眼睛已可以表示情感了），有婆婆的埋怨的眼睛，有王家兴的眼睛，那眼睛好像是说：

"既然你敢于惹下祸，那你就自己承当吧。"

还有一些愤怒的眼睛，还有一些同情的眼睛，同情的眼睛多是来自与潘淑芝一般年纪的闺女媳妇们的，最后，还有李三娃的眼睛，那眼睛所表达的情绪是复杂的，拣主要的说，那就是"爱莫能助"。李三娃的眼睛没有长久地停留在潘淑芝的身上，就低下头去。

这时，赵玉兰突然跑到她的身旁，拉着她的手，大声说：

"王家兴，你胡说，你造谣。潘淑芝没有说，她不会说的。王家兴，你造谣，谁也不会相信你的。"

闺女媳妇们对这段话附和着，点着头。

王家兴让两个民兵叫潘淑芝离开会场。

这些等等，没有使潘淑芝动一动。她站在原来的地方，迎着众人的目光。此时，她的嘴唇白得没有一点血色。

她松开了玉兰拉着她的手，推开了拦阻她的两个民兵，慢慢地向会场中央，向王家兴身边走去。民兵给她让开了路，人们给她让开了路。她此时整个的脸部表情迫使着任何强壮人都要给她让路，那细细的柳叶眉，那好看的凤眼，那端正的鼻子，那合拢得紧紧的嘴唇，整个脸部都十分平静，仔细观察才能看到它们都在均匀地轻微地颤动。那整个的脸，像一张白纸似的。

潘淑芝走到了会场中央，走近了王家兴的身边。王家兴想躲避她，正慌乱的不知往什么地方退几步时，潘淑芝一口唾沫已经飞到了他的脸上。 潘淑芝大声叫喊：

"乡亲们，大娘大嫂们，我是说狗都有选民证了，可我不是说大家，我是指的王家兴，我还要当着众人说，王家兴是条狗，是狗也不如的畜生……"

王家兴忍住了没有擦去脸上的唾沫，也没有去动潘淑芝。 他想这样更好些。 但当这个女人指名说他是狗时，他忍不住地截住了她的话，也向大家说，并且指着自己脸上的唾沫：

"大家都看到了的，大家都听到了的。"下面，他不知道再该说些什么好了。

潘淑芝又大声说：

"凭什么不给我选民证？ 被管制？ 我潘淑芝犯了哪一条罪？ 凭什么被管制？ 我检举了反革命，我知道有些人恨我，巴不得我死掉才好。 可是呀，我偏不死，我活得正快活呢。 不发给我选民证，我也要来，我来告诉大家，告诉大娘大嫂们，你们要选可要选好人哪。 像王家兴这号人……"

"叫她说说，她怎么快活的？ "

"叫她介绍介绍，怎么选好人？ 大娘大嫂们，要选身强力壮的，对不对？ "

不知是谁说出这些恶意的双关的调皮话来，一阵讪笑传遍了整个会场，里面夹杂着女人的污秽的骂人的话。 这些等等盖住了潘淑芝下面的话。 这女人的眼泪在眼睛里打转。王家兴狞笑着。

突然，一声枪响，压住了讪笑的声浪，把孩子们吓得哭了起来。 人们正惊慌地寻找是谁放的枪，李三娃红涨着脸，爬到了一条板凳上（也不知他在哪里找到的板凳），说：

"潘淑芝是一个干净人，她比你们都干净得多。 谁要是再敢说她一句坏话，我李三娃不饶他。"说着又拉开了枪栓，顶上了一粒子弹。

会场静寂无声，甚至连恶意的笑容都没敢在谁的脸上露出。

三娃狠狠地瞪了王家兴那张脸一眼，跳下了板凳，挤出了人群，扬长而去。

这天夜里，潘淑芝生了个儿子。 世界以冷淡和嘲笑接待了他，只有母亲把儿子紧紧地贴在自己的温暖的怀抱。

六

更重的一击打中了潘淑芝。

儿子死了。 儿子来到这世界上，还没有好好睁开眼看一看，没有看看太阳，看看那飘着游丝一样的白云的蓝天，也没有看看大地，和大地上正在茁壮生长的庄稼，和那在空中飞扬着的柳絮，甚至连妈妈额上的皱纹（几个月来，潘淑芝的额上添了多少皱纹啊，皱纹间又藏着多少的愁苦啊），也没有好好地看一看，就去了。 就好像是这个小小的生命也懂得世界是以嘲笑和冷淡接待自己的，觉得这个世界一分钟也不值得留恋似的，因此，他不等到太阳升起，就在夜间悄悄地走了。

做妈妈的失去了唯一的安慰与喜悦。

做妈妈的原指望他来熨平自己的皱纹，减少自己的愁苦的。可是，他却去了。这就不能用数学的方法来计算，说做妈妈的愁苦没有增加也没有减少，而是增加了不知多少倍。

潘淑芝把那个渐渐冷却下去的小身体更紧地贴住自己的怀抱，用嘴吮吸他的嘴，用手张开他的眼睛。那小身体已成为完全冰冷完全僵硬的了。这女人搂着这冰冷的小身体，号啕大哭起来。一个女人的一生，像这样绝望的号啕也是可以数计的。在夜间，听到一个女人这样的号啕，即使是在炎夏，也会不由得战栗。这女人号啕大哭着，哭着儿子，哭着失去的安慰与喜悦，哭着自己的坏命运。

儿子的死，她心里明白，是因为早产，早产的原因那就很多很多了。可是，她不相信。那时，她竟固执地想起老一辈人说的"命"来了。"命"该如此啊！

婆婆被她惊得爬起来，在她床边转来转去，不知所措地不知是劝说她还是骂她一顿好。婆婆要摸一摸孩子，她都不让，她更紧地搂着那小身体，好像生怕叫人家抢了去似的。

这女人号啕着，忽然止住了，甚至也没有默默地呜咽。就好像是胡琴正拉着一支十分悲惨的曲子，忽然断了弦一样。她停住了号啕，也不饮泣，只是睁着模糊的泪眼，痴呆地看着什么。 这比她号啕时更可怕，婆婆吓得连声问：

"你要干什么？ 淑芝，你要干什么？ 噢，我的亲奶奶。"

潘淑芝没有回答。 她的眼睫毛都没有动一动，依旧那样痴呆地像是看着什么。

一会儿，那眼睛射出两道逼人的冷峻的光芒，嘴角挂着一丝惨笑，那惨笑又慢慢遍及整个脸部。

又过了一会儿，这女人的脸部表情慢慢恢复到原来的样子，她轻轻地平静地说了几个字：

"睡吧，婆婆。"她自己就先闭上了眼睛。 那个已经僵硬的小身体，依旧被她紧紧地偎依在自己的怀前。

就在潘淑芝正哭着自己的坏命运的时候，住在她对面的王家兴又在为她安排着更坏的命运。 坏命运总是接踵而至的。

没有过几天，潘淑芝还没有把儿子埋葬（她坚持把儿子留在她自己的床上），就被县法院传了去。 审判她的仍是那个审判员秦信。 秦信直截了当地告诉她，她的罪状是：不服管制，辱骂干部，破坏普选。 因此给予判刑两年，这一次，她没有多做争辩，甚至话也没有多说，只在脸上露出了一个像那天夜里露出的惨笑来。 在审判员秦信看来，这惨笑是说明被告默认了自己的罪状，和法院对她的判刑。

于是，潘淑芝住进了监狱。

秦信以为，这样的女人，这样的泼妇，不服管制，辱骂干部，破坏普选，是理所当然的事，是合乎逻辑的事。 那一次，她不是几乎要辱骂到自己头上了吗？

潘淑芝的没有多做争辩，是想到自己没有再比眼前更坏的命运了，住在家里和住在监狱里，对自己反正都差不多。而且，这个审判员的脑袋，她也是领教过的。 争辩什么呢？要是争辩，他又会说出那一大套叫人昏头昏脑的话来，又是法律啦，又是这个那个的。 再就是，从那天夜里起，那个"命"的想法，还没有离开她的脑际。

潘淑芝住进了监狱。 她和两个女犯人住在一起，一个女犯人是反革命罪犯，另一个女犯人是与情夫同谋害死亲夫的罪犯。 她们三个人住在一个矮房子里。 这房子又矮又小，房子里只放了两张上下床。 床的下铺让那两个先来的罪犯占住了，她就住在那个反革命罪犯的上铺。

她住在那里，不多和那两个罪犯说话。 她常常是躺在床上，眼睛痴呆地像看着什么，看着看着眼睛里就射出那逼人的冷峻的光芒来，嘴角挂着一丝惨笑，那惨笑慢慢遍及整个脸部，就像那天夜里的情形一样。

渐渐地那惨笑消失了，只留下那痴呆的眼睛所射出的逼人的光芒。 她死盯住一个什么，不管是可以看到瓦的屋顶也好，潮湿的墙角也好，黑漆已经剥落的房门也好，窗子上锈了的铁窗棍也好，或是这个女罪犯那个女罪犯的脸也好，都要看上半天。 两个女罪犯，不论谁看见了她这样的眼睛都有些惧怕，常是一面避开它，一面小心地提醒她，说：

"你看什么？"

潘淑芝总是不理会，就好像没有听见一样。她那样看着的时候，总是看到了那闪着黑光的尖利的牙齿，和那恶意的狞笑。

一次，她那样看着反革命女罪犯时，眼光比平常更为可怕。那罪犯连忙避开，一边说：

"你看什么？你看什么？"

潘淑芝扑了上去，抓住了反革命女罪犯的头发，用力打着她的脸，以致把她的鼻子、眼睛和嘴都打流血了。一边打着，一边还叫喊：

"就是你，就是你！你这个坏蛋，你这个坏蛋，我可逮到你了……"

她一边叫喊着，一边还狂笑着。那狂笑，叫人的头发都能竖起来。

潘淑芝的脸部受了反革命女罪犯的几下还击，红一块紫一块的，鼻子也流了血。

害死亲夫的女罪犯好容易才拉开她们。

后来，潘淑芝明白过来了，她打的并不是王家兴，而是和自己同屋的一个罪犯。王家兴还在村子里做代表主任呢。

但她也绝没有向被打的那个罪犯道歉的一点意思。

过了几天。

一天夜里，潘淑芝做了一个梦，她梦见，有一天她去河边给儿子洗尿布。她把儿子喂饱了奶放在家里睡觉，儿子睡得香甜香甜的，她亲了亲儿子的额头，才轻手轻脚地出去，又把房门轻轻地带上。她在河边洗呀洗呀，不知洗了多少时候，忽然右眼跳了起来，心也跳得紧了，她连忙往家里走，连掉在河里漂到河心的一块尿布也不顾了。她走呀走呀，再也走不到家了。怎的？家怎么这样远？她心里想。于是，她着急地跑了起来，她跑呀跑呀，总算跑到了家，总算进了院子的大门，哟，那是谁？那不是王家兴吗？他提着一把血淋淋的刀从她的房子里出来，一下就看不见了，就好像钻到地缝里去了一样。她进屋一看，儿子的身体血肉模糊地躺在床上，头呢？头呢？血淋淋的头正在地下滚着，儿子的眼睛下面还挂着两颗大泪珠。她抱着儿子的头就出了门，四处都找不到王家兴，她就在旷野地里跑，好像王家兴就在前边一样，她追呀，追呀，腿都跑酸了，迎着大风叫喊：

"还我儿子，还我儿子。"

猛然不知什么响了一声，她感到自己什么地方剧烈地挨了一击，这使她从梦中醒来。潘淑芝发现自己是站在上铺上的，自己的头碰破了两片屋瓦，她用手摸摸头，头上肿起了一个大疙瘩。她在梦中出的冷汗湿透了她的整个衣衫。

这一声响，把睡在下铺的反革命女罪犯也惊醒了，她起来看到这个情景，没有说什么，只恶意地笑了声，复又睡下。

潘淑芝没有理会，也睡下了，她睁着眼，透过那撞破的两片屋瓦的空间，痴呆地看着天空的星星。 那一夜，她就那样看着。 她是好久没有看到过星星了啊。

反革命女罪犯告发了潘淑芝，说她企图越狱逃跑。 秦信亲自来看了看，他看到了那被撞破的两片屋瓦。 于是，由于这样的罪名，又加判了潘淑芝一年徒刑。

潘淑芝没有提出什么抗议，就好像这对她是无足轻重似的。

潘淑芝以为这只是一场噩梦，梦醒了，就什么都会好起来。 审判员秦信，自己同屋住的两个女罪犯，无非都是梦中出现的人物，梦醒了，他们也就会消失。 一切都会好起来的。

不知怎的，她固执地相信：一切都会好起来的。

在法院里，潘淑芝有时候能够看到挂在这里或那里的毛主席的相片，每每看到毛主席的相片时，她都笑了起来，那笑先是显露在眼睛里，然后遍及整个脸部。 这样笑着的时候，她是想：一切都会好起来的，毛主席的好干部一定会像领导我们翻身那样，把我救出去。 至于这个糊涂的审判员和那个王家兴是迟早都要倒霉的。 事情就是这样。

于是，她想起了毛主席的好干部，想起了那些好干部领导贫苦的庄稼人打倒地主恶霸闹翻身的日月，那些开至深夜的贫农团会议，那些诉苦会，那些说理斗争会。 那些日月一天天地在她的脑子里转悠，就好像她又回到那些日月，又生活在那些令人激动的日月里了一样。

　　她记得最清楚的是一个姓刘的女工作人员。　土地改革时，小刘在村子里就和潘淑芝住在一起。　两个人要好得姐妹似的。　小刘不但给她说道理，教会她懂得了很多事情，还教会她唱许多歌。

　　在监狱里，潘淑芝每逢想起这个小刘，不管是在白天还是黑夜，她就唱起小刘教她唱的歌，一支歌是：

　　　　土地改革到了每个村，

　　　　哎嘿哟，

　　　　到了每个村，

　　　　咱们大家翻了身。

　　　　唱起了歌儿大街走啊，

　　　　再不是愁眉苦脸的人，

　　　　哪嗨咿嗬呀嗬嗨。

　　另一支歌是：

　　　　太阳一出满天红，

　　　　孩子妈妈来哟，

　　　　咱们都是贫雇农，

　　　　多亏那个毛泽东，

　　　　哎——哟，

　　　　咦——哟，

多亏那个毛泽东，

哎——哟。

只有这两支歌她能唱得完全，别的翻身小调，她只记得一些片段。因此，她老是反复地唱着这两支歌。

不论是两个女罪犯中的哪一个，甚至监狱的看守人，都阻止不了她大声地唱歌，她大声地唱着这两支歌的时候，感到心情很舒畅，很痛快，就像是当年闹土改时的晚上，开完会回来已经夜深，和闺女媳妇们一起走在路上，迎着下弦月，迎着满天星斗，大声地唱着这支歌时的心情似的。那时，她们唱着歌，赵玉兰的声音总是挑得太高了，老是好走调。这会儿，她一想起玉兰那好走调的嗓子，还老想笑，她这样唱着的时候就感到：一切都会好起来的。

痴呆地像是看着什么的眼睛也消失了，代替它的是，大声唱着的搅扰了监狱好几个房子的平静的这两支翻身小调。

两个女罪犯和监狱看守人阻止了几次无效，就只能用惊奇的眼睛看着这个不可理解的女罪犯。

但潘淑芝什么也不和他们说，既然都是在噩梦中出现的人物，有什么话可和他们说的？

潘淑芝一想起那些叫人舒畅叫人痛快的闹翻身的日月，一面高兴，一面就也担心起村子里眼前的情况来了。村里怎样了呢？那个王家兴怎样了呢？他到底是个什么样的人？造自己的谣言的是他，自己的这一次住监狱，不用说当然也是他来告发的。 他想怎么样？ 他想把我怎么样？ 他为什么要那样恶意地狞笑？ 自己为什么在可怕的梦中梦见他？他要怎么样？ 他要把村子弄成怎么样？

一天，赵玉兰来看她，还给她带来了一点吃的东西，杏子、桃子什么的。 潘淑芝高兴得很，却不想赵玉兰只是盯着潘淑芝的脸看，看了一会儿，竟哭了起来。 这一哭把潘淑芝弄得糊涂了，连问：

"怎么回事，玉兰？"

玉兰擦了擦眼泪，怜惜地说：

"淑芝姐，你看你多瘦，头发多乱，一下就变成老奶奶了。 你爱惜一点自己吧。"

潘淑芝用手木然地摸了摸那由于脸颊陷下去而突出来的颧骨，又用手指随便地梳理梳理了头发。

玉兰一边帮着她理头发，一边说：

"我早就想来看你了，一直也没有空。 今天我起了五更，特意跑来看你。 杏子桃子也熟了，给你捎了点来，吃吧，吃吧。"说着，就递给了潘淑芝一个杏。

潘淑芝接过来那杏，拿在手里，却不马上吃。 她问：

"玉兰，村子里怎样？"

"都好呀，村子里没有什么。 啊，对了，我们有几个人，对法院处理你这个事可不满意了。 法院是人民法院嘛，怎么好给老百姓也关进来了？ 淑芝姐，我们正商量着给你救出来呢。 有一天乡长到咱村去，我跟乡长说了，他也说你是好人。可是，他又说，犯了法，有什么办法？淑芝姐，我们一定给你想办法。"

"王家兴呢？"

"什么王家兴，啊，他还当着村代表主任呢。哎，淑芝姐，不是我说你，那天选举，你真不该当着众人就骂他，人家说你这次坐牢就是犯了破坏选举的罪。"

潘淑芝笑了笑，说：

"我是气的啊，再有机会我还要骂他。我总觉得这家伙是一个坏蛋。"

"是呀，那人是不好。可咱也没有具体材料。人家如今到底还是干部呢。啊，对了，三娃因为在会上放那一枪，这会儿，枪也缴了，他也叫人家开除了，不准他干民兵了。"赵玉兰看潘淑芝不说话，好像是在想什么，就又说：

"淑芝姐，玉田哥来看过你吗？"说完，她小心仔细地看着潘淑芝的脸。那脸上没有表示出什么，赵玉兰所看到的只是：平静地摇了摇头。

赵玉兰提起了李玉田，这使潘淑芝想起了丈夫就在城里，为什么竟连一次也没有看过自己呢？但她并不奇怪，好像也并不盼着他来。若不是玉兰提起，这会儿，她是不会想到他的。因此，她只平静地摇了摇头。倒是刚才玉兰提起的三娃，使她的心跳动得快了。

而赵玉兰提起李玉田是否来过，以及仔细看潘淑芝的脸，都是有道理的。她在村子里风闻，李玉田在潘淑芝坐监后曾回去过一次，嚷嚷着要和潘淑芝离婚，说是潘淑芝给他丢了人，又怕连累了自己。 潘淑芝的婆婆则说：这个女人不会生孩子，生了也是死。 玉兰问起这个，是想知道淑芝是否已经听到这个事了。 她看潘淑芝很平静，是还不知道的样子。 但她想讲又不敢讲出来，怕更伤了淑芝的心。

其实，潘淑芝迟早是要知道这件事情的。 赵玉兰来看她的第二天上午，法院就把这事情通知了她，并问她有什么意见，愿意离还是不愿意离，是否想和李玉田再见一面，如果不愿意离，法院可以进行调解，如果愿意和丈夫见面，也可以办到。 潘淑芝听过了，只说了四个字：

"没有意见。"然后摇了摇头，这摇头是表示不愿意再和李玉田见面。

这事情就算这样了结了。 奇怪得很，这女人在心里并没有怎样特别地怪怨李玉田，没有怪怨他在这个时候提出这样的问题来。 这时候，她才发现自己并不爱他，这个李玉田在自己的生活中是怎样的无足轻重。

下午，监狱看守人告诉她说有人来看她，她以为，是玉兰没有回村子吗？ 就问是谁，回答说是一个男人时，她愣住了。 她想一定是李玉田，既然事情已经了结了，还来做什么，还有什么可说？ 她说：

"我不见。"

监狱看守人去了一会儿，又回来说：

"他非要见你不可。"

潘淑芝只得带着一种嫌恶的心情，往犯人与探望人会见的地方走去，一边走着一边想着该说些什么好。

潘淑芝走到那里一看，原来不是什么李玉田，而是李三娃，他站在那里，不知怎的，脸上竟布满了汗珠。 他们互相看了一下对方的眼睛，两个人的心都跳得很紧，谁也不知道该从哪里说起，说什么好。 沉默了一小会儿，李三娃用手背擦了擦脸上的汗，讷讷地说：

"我进城来，顺便来看看你。"

潘淑芝笑了笑，仍沉默着。

"我来看看你，看你过得怎么样。 我去找过区委书记了，区委书记是新来的，他对你不大了解，他说他管不了法院的事，他又说可以到县委反映这个事，我就又到县委去了。 没找到人，书记、部长都下乡去了。 冤枉了你，我一定得想办法给你救出来，你为我也受了很多苦处。"

三娃看了淑芝一眼，又低下头去说：

"村里都好，好多人都很挂记你。 你好好地过，什么都会弄清楚。 听人家党支部说，支部正准备讨论王家兴的入党申请呢。"

潘淑芝这才说了第一句话：

"什么？ 讨论王家兴入党？"

"是呀，听说的。"

潘淑芝想了想，就找三娃要来纸笔，艰难地写了以下这些字：

县委：

　　王家兴是一个政治嫌疑分子，千万不能叫他入党，他是一个坏蛋，和反革命分子李玉山、李金山都有关系。

　　　　　　　　　　　　　　　　潘淑芝　　上

她把这个纸条交给了三娃，让他再去县委时把它交给县委书记。

他们的会见就这样结束了。

此后，三娃不断地来看她，玉兰也隔个把月来探望她一次。潘淑芝的监狱生活就这样过着。一个月，两个月，三个月，半年……

七

日子一天一天过去。世界上的事情有了许多变化。村子里有了农业生产合作社。潘淑芝以前的婆婆孤寂地死去了。与潘淑芝同屋的那个与情夫同谋害死亲夫的女罪犯，被送到什么地方劳动改造去了。屋子里只剩下潘淑芝和反革命女罪犯两个人，潘淑芝搬到那个害死亲夫的女罪犯原先住过的下铺上住。审判员秦信做了县法院的副院长。

秦信做了县法院副院长不久（那时潘淑芝进到监狱来已一年左右了），连连听到监狱看守人说，潘淑芝和反革命女罪犯几乎天天打架，有时，一天甚至要打好几次，而每一次打总是潘淑芝先动手的。 她打着还骂着"反革命"，并提起一个姓王的人的名字。 监狱看守人说，看样子潘淑芝可能是疯了，他请示是否把她单独隔离开。

秦信告诉监狱看守人，让他注意看管和教育，隔离的问题，考虑研究后再决定。

日子没有白过，时间大半给了秦信一些好处，他考虑起这个叫人头疼的女犯人的问题了。 他想：这是个什么样的女人呀？ 从他最初审判这个女犯人开始，以及以后他所接触到的所听到的有关这女人的事情，都在他的脑子里转了一遍。最后，他还是想：这是个什么样的女人呀？ 秦信想了，考虑了，但是他对这个女人还是不理解，还是不知道是什么叫这个女人疯癫了的，还是固执地相信这个女人是一个泼妇，一个难以管教的泼妇。

秦信决定去看一看这女人，看看她疯癫的程度。 那天下午，秦信走到离潘淑芝住的屋子还有好几十步远的地方，就听到一个女人的狂笑，是那种叫人毛骨悚然的狂笑。 秦信皱了一下眉，慢慢走近那屋子。 监狱看守人给他打开了门，他走进去，看见两个女犯人都蓬乱着头发，潘淑芝躺在自己的床上大声狂笑着，那个反革命女罪犯坐在自己的床上，正在用袖口擦鼻子里流的血。 这情景，不用监狱看守人解释，就向秦信表明：她们刚刚打过架。 反革命女罪犯看见了秦信，哭丧着脸站了起来。 潘淑芝继续狂笑着。 秦信让站起来的女犯人坐下。 他正想对潘淑芝说些什么，以提醒她副院长来了，潘淑芝却停止了狂笑，一下就站在了地上，她对秦信瞪着眼睛，就好像不认识这个人一样。 秦信看到了这样的眼睛，不知说些什么好了。

潘淑芝对秦信看着看着，慢慢地好像认出是谁来了，她脸上露出一个讥讽的笑，说：

"你来干什么？ 你为什么到这里来？"

干什么？ 为什么？ 秦信自己也没有好好地想，他到这里来是为什么和干什么。 他想：一个女犯人问法院院长这样的问题，真是古怪。 可是，他想不出回答的话。 一个法院院长一辈子也不会遇到一个犯人提出这样的问题的。 这样的问题无须回答。 秦信的尊严的"法官"的脸，对这个问题没有做任何表示。

潘淑芝向着秦信走上前一步，秦信不由自主地退后了半步。 潘淑芝站定在那里，又大声地狂笑起来，这笑声在这又矮又小的屋子里回荡了好久。 真叫人难受。

秦信皱紧了眉头，说：

"你坐下，好好地坐下……"

不知怎的，这一句平平常常的话却一下使那女人狂怒起来，她颤抖着声音大叫：

"你说什么？ 你说什么？ 滚出去！ 滚出去！"

说着，她就要扑上前来，监狱看守人连忙拉住她，她回手就给了监狱看守人一记耳光。 看守人用力把她按在了床上。 秦信露出一种愤怒的无可奈何的表情，仓皇地走出了那小屋子的门。 狂笑追赶着他，使他不得不加快着脚步。

秦信走在路上想：叫我怎么办？ 对这个泼妇，对这个疯女人，我怎么办？ 难道再加判她徒刑吗？ 有什么新的罪行呢？ 隔离吗？ 或是干脆送到什么疯人院去？ 怎么办？ 刚才的会见，使他十分不愉快。 他头都懒得抬，只管低着头，皱着眉，在想着始终惹得他不愉快刚才又侮辱了他的这个女人，怎么办？ 怎么办？

怎么办？ 秦信还没有想好怎么办时，县委插手问这件事情了。 一天，县委书记郑正把秦信请去，谈起这个叫秦信头疼的潘淑芝。

秦信带着憎恶和惶惑向郑正提起这个女犯人。 郑正详细地询问了秦信所知道的有关这个女犯人的一切。 他问到她的罪行，问到她在监狱里的日常生活，甚至连审判当时的细节也问到了。 他几乎对这个女犯人的一切甚至种种琐事都关心，都感兴趣。 秦信对郑正的兴趣有些惊讶，又有些厌烦，他就是带着这种情绪叙述他所知道的潘淑芝的。 当说到第一次审判时这个女犯人的顶撞，和最近他去监狱里看她时的尴尬遭遇时，他甚至气愤起来。

郑正对这位副院长的惊讶、厌烦、气愤等情绪，也感兴趣。

郑正详尽地询问了一切，然后说：

"秦信同志，你认为这个案子处理得正确吗？"

秦信说："这一点我有自信。麻烦的是现在怎么办，我正想请示县委。这个女犯人现在的情况我刚才已经说了。"

郑正笑了笑，说：

"现在怎么办，倒是小事。有人告到县委来了，说是冤枉了潘淑芝。潘淑芝、二子娘、王家兴都是什么样的人，我也听说了一点。因此，县委关心的不是现在怎么样，而是怀疑这个案子的处理。"

"这一点我有自信。"

"那好，县委准备组织一个工作组，调查这个案子，请你做准备。"

"请调查吧，这点我有自信。"

"那好，但愿你是对的。"

郑正送走了秦信，对着这位自信的人的背影，摇了摇头，想：一个人做什么做长了，有好处也有坏处，好处是有了经验，坏处是麻木了。法官，这是决定人的命运的人，要是麻木了，要是像理发师谈着头发的样式那样谈着人，那真是可怕。法官，这是一种危险的职业，需要怎样谨慎的人去做啊。

工作组经过了二十天左右的工作，案情大白。案情的真相读者在前面已经看到。工作组调查的具体过程，这里也就不多说了。

单说那天开庭宣判潘淑芝无罪的情景。

那一天，像无数个晴朗的好日子一样，是个晴朗的好日子。 天色浅蓝，太阳明亮，风儿轻柔。

秦信坐在审判席上，那脸色有些阴郁，有些疲倦，有些歉然。 这种种情绪涂成的脸色，与这好天气十分不相称。直直地看着他这张脸的，是站在被告席上的潘淑芝那含着讥讽的笑的眼睛。

当秦信宣判潘淑芝无罪时，她那眼睛里的讥讽的笑一下消失了，代替它的，是两颗晶莹的泪珠。 当秦信走下来握着她的手，说着道歉的话时，那晶莹的泪珠竟一颗接着一颗地滚了下来，穿成了一串珍珠。

潘淑芝恢复了常态。 但她一个字也没有说，只是让眼泪流着，也不去擦它。

就好像是那一年多的生活，真是一场噩梦似的，而如今梦醒了，又回到这美好的世界来了，又回到这天色浅蓝、太阳明亮、风儿轻柔的世界上来了一样。

她没有说一个字，也没有想到埋怨，甚至为证实了她的"一切都会好起来"的想法，而有些欣喜。 这欣喜也是用眼泪表示的。

她用手轻轻推开秦信，用眼睛找到了挂在墙上的毛主席的相片，她凝视了一会儿，然后深深地鞠躬，又深深地鞠躬。

秦信告诉她，她的受害是由于王家兴的陷害、二子娘的被愚弄，以及当时作为审判员的自己的糊涂。 她好像没有听见似的，又好像这些她早就料到了，因此不需再听了似的，只顾对着毛主席的相片深深地鞠躬。

不知道这女人对着毛主席的相片鞠了多少个躬。她抬起身来，用眼睛和语言同时问：

"我可以走了吧？"

没等秦信说什么，她就大步朝前院走去，一边走着，一边用手梳理着蓬乱的头发。这时，从旁听席那里有几个人跑向她这里，他们是玉兰、三娃和村子里的人。淑芝看到他们，像小孩子那样地哭了。他们拥着潘淑芝走着，快走到大门口时，有人在后面追着说：

"潘淑芝，你还有几件衣服，带上吧。"

她头也不回，说：

"不要了。"她不要了，她怕那几件衣服会引起她回想这噩梦。

她急急地走着，在这清新的空气里。脚步这样急促，就像是有什么十分要紧，必须马上赶到的事情一样，像三娃这样的男子汉都几乎常常叫她丢在后边。

她是想快快离开这个噩梦的境地，快一点看到自己的村子啊。

八

小说到这里要结束了，想来读者都很关心小说中提到的几个主要人物的命运，这里交代一下。

王家兴，在工作组调查这个案件的那几天，突然失踪。后来，人们在村头的小河里发现了一具男人的尸体，尸体已让水泡得浮肿了起来，但依然可以辨认，那就是王家兴。那小河，就是潘淑芝洗过衣服，并曾想在那里结束掉自己的生命的小河。不想这小河没有结束潘淑芝的生命，却叫王家兴玷污了自己。

从那时候起，潘淑芝以前住过的那院子里，又多了一个寡妇。

潘淑芝再没有回到以前住过的那院子里，她和李三娃结了婚，而且有了一个儿子。在村子里她再遇不到嘲笑的眼睛了。人们尊敬她，有事找她商量，并把她选到农业生产合作社的社务委员会里。她以前的丈夫李玉田，一直还未找下老婆，在潘淑芝和李三娃结婚以前，他曾回到村子里一次，并找到潘淑芝，提起复婚的事，潘淑芝鄙弃地回绝了他。

秦信，听说县委已根据他所犯的错误，决定了对他的处分，降职。现在仍做审判员的工作，据说比以前谨慎一些了。

至于二子娘呢，她把什么都跟工作组说了。可是，她脸上的一道伤疤至今还在流着发出臭味的黄水。为了这个，她恐怕这一辈子都会记住王家兴。这对她有好处。

一九五七年一月—三月

蚌埠—汉口

一、讲故事之前，
有必要啰唆几句，诸如时代背景之类。

公元一千九百七十六年夏季的白果树村，在许多方面回到了原始时代。比如耕地，原是有一台拖拉机的，可是没有柴油，只好还把老牛请出来。老牛不多，又较瘦弱，力难胜任。好在人多，打它个拉犁拉耙的人海战役还是不成问题的。比如吃粮，原是有一座小水电站的，正是金马河的旺水季节，小水电站带动打米机磨面机，在平时，不但本村，连外村也把原粮送来加工，可是如今没有机油，水电站的一套机器只好休息，人们又只好和碾、磨、碓这些石器时代的物件打交道了。某些把碾、磨、碓拆毁砸烂的激进派，是很吃了一点激进的苦头的。比如洗衣，买不到肥皂，只好用灶火膛里的火灰，不知是哪一代祖宗的伟大发现，据说火灰里是含有碱的成分的。比如取火，买不到火柴，于是，用火镰凿石取火，就又兴盛起来。比如照明，既然水电站休息，电灯泡也就成了一种装饰品，又买不到煤油，只好靠古老的梓油灯来驱赶黑暗了。比如……不必一一列举了吧。

　　人呢？　人的情况就更为严重了，尤其值得忧虑。　据马克思主义经典作家认为，猴子变成人之后，就没有尾巴了。有无尾巴，应当是猴子与人们相区别的标志之一。　可是，不知怎么一来，白果树村的一些人却又长了尾巴：这就回到原始社会以前去了。　我们知道，原始社会也还毕竟是人类社会的一种形态嘛。　长了尾巴，那可就不能算作人类，而称其为猴类了。

　　人类岂能与猴类共处？　于是，就有了一个割尾巴的运动。　不用说，当然是好心，要叫猴子进化为人嘛。　也不很费手脚，动了割尾巴的手术，猴子转化为人的过程也就完成了。　这种尾巴呢，又有一个奇怪的名称，叫作资本主义。原始社会的人类，割原始社会之前的猴类的资本主义尾巴，又是发生在据说在建设社会主义新农村的白果树村。　而且，又据说，这种社会主义，又是有着很大的、很多的共产主义因素的，诸如按劳分配等社会主义原则，也被搞得很有几分臭气。　再呢，又不叫人讲话（人类尚且如此，更何况长了尾巴的猴类乎），稍有不同意见，帽子棍子，双管齐下，颇够受用一个相当长的历史阶段了。　说得好听点，民主少一点；说得直白点，还多少有些奴隶制或封建制的残余（多少有些残余吗）。　这样一来，从我们在书本上认识的原始社会之前的猴类开始，直至我们也是从书本上知道的我们要为之奋斗的共产主义为止，所有形态的人类社会，都前推后拥、继往开来，集中荟萃于这个伏牛山中金马河边的小小山村——白果树大队来了。 五光十色，目不暇接，雾障云遮，混沌一片。 已有的社会发展史的概念，搞乱了，不灵了，恐怕得重新写。 马克思主义的经典大师们，面对这种缭乱眼花的情况，怕也要头疼，也要瞠目结舌，无言以对，不知所措，也未必能够说清楚这到底是一个什么样的时代。 大师们尚且如此，何况渺小如我辈作家乎？

天哪！ 到底是一个什么样的时代背景呢？

不清楚。

地呀！ 这个时代背景冠之以什么主义才为恰切呢？

不明白。

嘻！ 啰唆了半天，还是不清不楚不明不白呀？

正是如此！

不管我们愿意不愿意，喜欢不喜欢，我们的故事，正是发生在这样一个不清不楚不明不白的时代背景之中的。 奈何？

二、四世同堂的
向阳门第，日常生活的几幅素描。

白果树村东头，一座朝阳的三合院。

院门上有门画：一边是一个男青年工人开着机器，一边是一个女青年农民抱着麦穗。

门框上有对联：上联是"向阳门第春常在"，下联是

"翻身人家幸福多"。

当然都是春节时贴的。 经过半年来的风吹雨打日晒，门画和对联都褪色了。

紧挨门框的院墙上，端正地挂着一块烈属光荣牌。

东方微明，院门"咿呀"地开了，走出一个人来，看步法，看身影，大约五十岁。 他不吭声地走着，到饲养室，牵了牛，扛了犁，往金马河边的麦茬地走去，是去犁地。 这个汉子叫梁铁，是烈士的弟弟。

接着，又走出一个青年，扛着镢头，也往河边的麦茬地走去，是去挖地边。 这青年，哼着小曲，很快乐的样子。他没有把这支古老的爱情小曲的词唱出来，只是哼小曲的调子。 他反复地哼，好像在反复咀嚼体味着什么甜蜜的东西。他恐怕是在谈恋爱吧。 这青年叫梁俭，是梁铁的二儿子。

又一个青年，梁勤，梁铁的长子，接踵而出，担着一挑箩筐，箩筐里是黄灿灿的新麦。 梁勤的妈妈跟在他的身后，手里拿着面罗等家具，肩上还扛着把挖地的镢头，那是儿子今早起要用的。 他们也往河边走去，是去淘麦。 河边有一盘水打磨，接着，就要在那里磨面。 磨面人多，要排一些时候队。

两个扛着锄头的青年妇女，也走出院门，顺着村东头一条上山的小路，往后山攀登而去，是去锄春玉米地。 看体态，一个是结过婚的，一个还没有。 是姑嫂俩，梁勤的媳妇和妹妹，妹妹叫梁秀。

　　四头山羊，随着一个少年，蹦跳着出了院门，也沿着那村东头的小路上山。　山上必定有片草场。　少年扛了根扁担，腰里别着柴镰，手里拿着块馍，正就着瓣新蒜，边走边啃。　牧羊下山来，是要捎一挑柴的喽。　这少年是梁铁的小儿子，刚从村里小学校毕业，过了暑假，就要升入戴帽初中班。　他叫梁明。

　　曙光初照，一个有着核桃壳脸色和皱纹的老汉，和一个六七岁模样的男娃，各背着一个适合他们身材的粪筐，回到这个大门前了。　他们各自把拾来的半筐粪，倒在门前的粪堆上。　他们必定是在夜色未退的朦胧中就出发了的。　老汉梁满仓，是烈士的爹，这座三合院的一家之长。　过了暑假就是小学一年级学生的梁才娃，是梁勤的儿子，老汉的重孙娃。

　　院子里，两个妇女在经线。　一个七十来岁，一个五十来岁。　一个小脚，一个解放脚。　小脚的，梁陈氏，梁满仓老汉的老伴。　解放脚的，梁张氏，烈士的未亡人。

　　圈里的两头母猪，在喂猪娃。

　　窝里有一只母鸡在下蛋，"咯嗒咯嗒"地叫个不停，骄傲地向人们夸耀它的贡献。　另一只母鸡，在窝边不耐烦地等着，也"咯嗒"叫，仿佛在催促它的同伴。

　　一群白兔围在墙旮旯吃青草。　青草是老汉和他的重孙娃刚刚拾粪时捎回来的。　才娃圪蹴在旁边，看着白兔吃青草。

　　梁满仓老汉坐在当堂门口的一个小靠椅上，用火镰取火点着了麻秆，一边吸烟，一边眯缝着眼看院里的景象。 曙光把他的有深的鱼尾纹的眼睛涂抹上一层光亮的色彩，那眼睛透露出老汉的心情，是心满意足的，是知足常乐的。 那是没有做过什么亏心事的一对眼睛。

灶屋门口，梢子柴、桦子柴，码垛得齐整。 一个青年，脱了个光脊梁，正在破柴。 随着斧子下去，就从牙缝里迸发出一声"哼！"斧到柴破，干脆利落。 这青年好像有一种破坏的热情，摧毁的憎恨，他把这种热情和憎恨都寄托在破柴这件事情上了。 他头也不抬，汗也不擦，只一个劲地"哼！""哼！""哼！"这位"哼"个不停的，是烈士的遗孤，独根独苗，梁满仓老汉的长孙，在村里小学校里教书，叫梁继娃。

两个妇女放下了经线的活儿。 梁张氏切洗过的红薯和萝卜，红薯切成块，萝卜切成丝。 梁陈氏就着老汉的麻秆火点着了灶里的引火柴，烧水做饭。 炊烟袅袅升起，与白果树村各家农户的炊烟连在一起，织成一片云雾。

梁满仓老汉磕了磕烟袋，按灭麻秆火，开始编织已编了一多半的竹席。

日上三竿。 当堂里正面墙上毛主席像的下面、条几上的马蹄表告诉人们：九点整。 这个马蹄表，是二十世纪五十年代中期，梁满仓老汉在高级农业社当饲养员时得的奖品。 多亏它和受奖的老汉一样，还活着，还能走动。 做活的人们陆续回来，开早饭。 主食：红薯糊汤。 副食：生调萝卜丝。

放羊的没回来，磨面的没回来：给他们留着就是。 人们盛了饭，夹了菜，出了门，到饭场上去吃。 围桌而坐的只三个人：梁满仓、梁继娃、梁才娃。 梁铁端着碗，不吭声，脸朝院里背向院外地圪蹴在自家院门口。 两位做饭的妇女，梁陈氏和梁张氏，坐在灶屋门口，各吃各的饭。

"要是按三棵大毒草办事倒好了！"

这句话，是直对着饭桌上的一老一小大声嚷出来的。 大约从早起听了小喇叭里的广播之后，激发了从去年冬天听了教育大辩论的传达就憋在肚里的一股火，狠命地破柴也并没有发泄掉，又禁不住喷射而出了，把那一老一小吓得一愣怔。 灶屋门口的，也惊奇。 院门口的，则毫无反应，依旧埋头吃他的饭。 没有人搭腔。 梁继娃的嘴角浮起一个笑，先是表示抱歉，后是意味嘲弄。 谁知道是嘲弄什么呢？ 嘲弄谁人呢？ 随后，就稀里糊涂吃自己碗里的饭。 他把郁闷和着碗里的红薯糊汤一起，又咽回到自己的肚里去了。

三、割尾巴的手术：
先用刀割，再用铁烙，以防尾巴再长出来。
真可谓体贴入微，关怀备至啊！

白果树村真乃福星高照！ 受到县委的特别关照与爱护，成了全县开展割尾巴运动的重点。 所谓重点者，是要先在这里取得典型经验，再往其他地方推广之意也。 重点先行，白果树村当然要先走一步了。

夏收过了不久，夏种还未收尾，夏锄正在大忙，夏征还略有拖欠，按照惯例，并非是搞运动的季节。 既是突出政治，也就顾不得那么许多了。 耽搁一些生产？ 好得很嘛！岂不正是从理论与实践的结合上批"唯生产力"论的典范？

县委书记孙德旺亲自挂帅，率领将强兵锐的割尾巴工作队，雄赳赳地进到白果树村来。 到的当天后晌，就在正放暑假的小学校院子里开动员大会。 会场布置得花红柳绿，红绿标语满墙，多是"深入批邓，把反击右倾翻案风进行到底""割资本主义尾巴，铲资本主义土壤，摧毁邓小平复辟资本主义的社会基础"之类。 在大会上，孙德旺书记亲自讲话，动员群众。 他口若悬河，天花乱坠，先是大讲全国阶级斗争的大好形势，次是特讲这次割尾巴运动的伟大现实意义和深远历史意义，第三是交代政策界限。 是很清楚的：凡是生活水平超过富农的，划为新富农，属于敌我矛盾；凡是生活水平相当或接近于富农的，划为尾巴户，属于人民内部矛盾。他并且提醒大家，自留地这条普遍的资本主义尾巴，早已经采用统管的形式割过了，此次眼光要放在：房前屋后的树，圈里母猪的肚，手里编织的物，近些年擅自上山搞小秋收的收入，等等，至于明显的投机倒把，当然更不在话下。 也不要放过：其他超过定额的家禽家畜，比如鸡，只许一人喂一只，多余者即算超过定额，成了资本主义之鸡了，或杀吃，或卖掉，或活埋，倒是可以有充分的处理自由的，反正要把资本主义之鸡完全彻底干净全部消灭之完事。 比如猪、羊，是只许一户喂一头的，多余者便算超过定额，成了资本主义之猪、羊了，如何处置，可援引鸡例。 第四，交代了方法和措施。 是很明白的。 孙德旺书记讲话，语重心长，很形象，很风趣，做到了通俗易懂。 他说道：

"第四个问题，讲一下方法和措施，也就是割尾巴的手术。 手术如何做呢？ 先用刀割。 光是用刀割了还不行，过一段时候，那尾巴还会照样长出来。 这个问题，我们是有沉痛的历史经验教训的。 割了之后，还要用烙铁烙烙，我看这个资本主义尾巴还能再长出来吗？ 它长不出来了。 这个意思就是说，要做到三严：思想批判从严，政治处理从严，经济退赔从严。 什么罚了不打？ 打了不罚？ 是孔老二资产阶级人道主义那一套！ 我们无产阶级，对待两个阶级两条路线两条道路的斗争这个大是大非问题，要立场坚定，旗帜鲜明，严肃认真。 对待资本主义的东西，绝对不能心慈手软，否则，就要后患无穷的。 具体说，对于新富农，可以搞得他倾家荡产；对于尾巴户，态度顽抗者，也可以搞得他扫地出门。 当然喽，要给他们留一碗饭吃。 总之，在经济上要搞得苦一点，要叫他们知道疼，要叫他们那条尾巴永世不敢再长出来。 这才是对他们的最大爱护，才能彻底把他们从资本主义的邪路上拉回到社会主义的光明大道上来。 我们估计，这样的户，不会很多，只有一小撮。 我们还是要团结两个百分之九十五的。"

最后，孙德旺书记号召掀起两个高潮：一是大揭发大检举大批判的高潮，二是坦白交代的高潮。

大会开得秩序良好，鸦雀无声。孙书记真够辛苦了，整整讲了一晌，喝了十三杯茶，上了八回厕所，吸了二十六支大前门牌香烟。

动员大会的第二天，吃罢晌午饭，孙书记歇罢晌起床，正在大队部他住的上屋里洗脸，看见一个老汉，站在当堂的门口，一脚门里一脚门外，在向自己的屋里张望，迟迟疑疑不敢进来。孙书记擦干了脸，问：

"老汉，你找谁？"

"找你呀，书记。"

"找我干啥？"

"说说话。"

"有什么事吗？"

"我有罪呀，书记。"

"啊，进来吧。"

老汉这才把那只门外的脚迈到门里来。孙书记指给他当堂靠墙的一张小椅子，示意叫他坐下。老汉没敢马上坐。孙书记有点不耐烦：

"坐下，慢慢说。"

老汉坐下了。

"你叫个啥？"

"我是基础。"

"啊，姓吉，叫吉楚。 啥事，说吧，老汉。"

"我不叫基础。 我叫梁满仓。"

"颠三倒四，真是老糊涂了。 一会儿叫吉楚，一会儿又叫梁满仓了。 你到底姓什么？ 你有几个名字呀？"

"两个，大号叫梁满仓，小名叫……"

"吉楚？"

"不，叫狗剩。"

"那么，你才说的那个吉楚，又是啥意思？ 又是谁呢？"

"就是我。"

孙德旺摇了摇头，做了个实在弄不明白的手势。

梁满仓老汉必定看到了这点，连忙很抱歉地补充说：

"我就是孙书记你在大会上说的那个啥复辟，那个啥主义的基础呀。 我有罪呀。"

"邓小平复辟资本主义的社会基础。 嗯！ 是这样。"

自己说不明白的意思，叫书记说清楚了。 老汉甚至有点高兴：

"对呀，对着呢，就是这。"

"好，那你就具体说说。"

"集体说？ 不敢。 只敢向你孙书记一个人说。 开大会集体说？ 叫我老脸往哪儿搁呀？ 孙书记，你高抬贵手，可不敢叫我集体说呀。"

"嗯，那你就向我一个人说。 你耳朵有些背吧？ 老汉，你多大岁数了？"

"七十六。 耳不聋，眼不花。 都是托毛主席他老人家的福了。"

"嗯，你说吧。"

"对呀，我这就说。"

于是，梁满仓老汉怀着一种负疚抱愧和虔诚请罪的心情，向县的领导人历数了自己的罪状：家里喂了两头母猪，弄得好一年可以出三窝猪娃，往少里说，一窝猪娃平均七头，三窝就是二十一头。 眼时猪娃的价钱可俏呢，一头就能卖七八块钱。 是新品种，长白猪。 光这一项收入，一年就能弄到一百多块。 房前屋后，种有三十棵树，一色的泡桐，长得火色，才只六七年的工夫，都有碗口那样粗了。 再过两三年，就都成材了。 三十棵树都出出，那收入可是家伙了。 泡桐是上等木材，听说一棵都能卖上百十块的价钱。 三十棵！ 得了！ 这七八年的秋天，倒是都上山去搞小秋收了，年年不落。 队里活忙，劳力当然没去。 他老汉自己，半老妇女，半大娃子，是都去了，拾了不少橡子橡壳，估摸，每年都能卖个七八十百十块钱。 还有四只羊。 还有一群安哥拉兔。 鸡三十多只，除了一只公鸡，其他都是母鸡。 "咯嗒嗒" "咯嗒嗒"，鸡屁股银行的收入，也不在少数就是了，到底多少，也弄不很清楚。 如今，家里的大人娃子都穿上里外三新的棉袄了，里外三新的被褥也有好几条。 对了，对了，前年还买了架缝纫机，轧衣裳用的。 这洋家伙，他富农有吗？ 只怕是白果树村的地主也没见过。 老伴呢，每天早起还给他老汉煎两个鸡蛋。 这生活，真正是超过富农了。

孙德旺书记听了梁满仓老汉啰里啰唆的交代后，相当满意，甚至有些感动。 他感动什么呢？ 他想起了他昨天后晌的动员报告，不无得意地想道：正确路线真是势如破竹啊！昨天动员，今天就有人找上门来交代。 真是威力无穷。 正是从这个角度出发，这老汉提供了一个他的动员报告相当有威力的活的例证，他甚至对眼前的这个新富农，并没有什么特别的恶感了。 他点燃了支烟，问道：

"你原来是什么成分呢？ 土改时。"

老汉回答得十分自豪：

"房无一间，地无一垄，给地主扛长工的。"

"雇农。"

"对呀，雇农，无产阶级。"

"你是有些忘本了啊。"

老汉低下头：

"是，忘本了。"

"你家都有些什么人呀？"

"人多了，十二口。 大儿为国打仗光荣牺牲了。"

"这么说，你家还是个烈属。"

"对呀，孙书记，你没到我家门口看，挂着烈属光荣牌子呢。"

"你能对得起你儿子流的血吗？ 能对得起那块光荣牌

吗？"

老汉又低下了头：

"对不起。 我对不起毛主席，对不起共产党，我忘本了。 要不是毛主席、共产党，如今我梁满仓还在火坑里呢，也不定早叫狼拉狗吃了呢。"

孙德旺扔掉烟蒂，向梁满仓说：

"梁老汉，根据你家的情况，是应当划为新富农的。"

梁老汉哆嗦了一下。

孙德旺看了一眼突然萎缩下去的梁满仓，继续说道：

"考虑到你能主动坦白交代，态度还不错。 主要考虑到你家是个烈属，你大儿子是为国家出过力立过功的。 我代表县委和工作队，决定这样：新富农的帽子划而不戴，帽子拿在群众手中，敌我矛盾按人民内部矛盾处理，划你家个尾巴户，还算是人民内部矛盾。 老汉，我说话是算数的哟。"

梁满仓老汉腾地站了起来，作揖到地，连连念叨：

"感谢宽大，感谢宽大。"

孙德旺宽厚地笑了笑，还让老汉坐下：

"不要感谢我个人。 这是党对你的宽大。 老汉，你来交代，跟家里人商量过了吗？ 比如说，你老伴、儿子，你还有儿子吗？ 孙子什么的，他们都有些什么意见？ 你能当得了他们的家吗？"

梁满仓老汉擦了擦因得到宽大而纵横的老泪，答道：

"老伴听我的。 儿子，还有一个，老二，是个没成色的货，五九年前还在队里理过几天事，从那以后，就不为人民服务了，就知道在地里死受，百事不管，成年都放不出个响屁来，得听我的。 大孙娃，是我那牺牲大儿的独根独苗，叫作继娃。 梁继娃，算是喝过墨水的，在队里小学校里哄学生娃。 他个后生小娃，百事不懂，也得听我的。 其旁的，还有媳妇、孙子、孙女、孙媳妇，都得听我的。 我是一家之长，咋会当不了家？ 不用商量。"

"你还是跟家里人都说说好。 你的觉悟提得高，我就不信你家里人的觉悟都会像你这样高，这样齐整。 打个比方，你好比是左派，你家里还有没有中间派呀？ 会不会出右派呀？ 要帮助他们都提高觉悟才好呀。 忆苦思甜，比如说吃顿忆苦饭，回忆回忆旧社会的苦情。"

"对着呢，对着呢，孙书记这个提醒真好。"

"那好，就这样吧。 我欢迎你这种态度，希望你在经济退赔上也能做到态度好。 我们是要彻底把你从资本主义邪路上拉回来的。 你看咋样？ 还有啥说的吗？"

老汉用手掌拍了拍布满皱纹的额头，然后，就把一双树皮样粗糙的大手掌，平伸到坐在对面高椅子上的孙德旺的眼前：

"上了年岁忘性大。 孙书记，你看，我这双手！ 作孽！ 席呀，筐呀，篮呀，都会编。 也算个篾匠。 这双手，作孽！ 也挣下不少钱呢。 这也是一项。"

孙德旺书记又点燃了一支大前门，甚至居高临下递给了梁满仓老汉一支。 老汉不敢接。

"拿着吧，吸吧，老汉，还是内部矛盾嘛，怕啥？"

梁老汉连忙欠起身子，双手接过那支烟，就着孙书记亲自点燃的打火机的火，吸着了。

梁满仓站起来，向孙书记告退，走了，脚步迟迟疑疑，一脚门外，一脚门里，又站在当堂门口了。 他回头，转身，又把那只门外的脚迈到门里，向孙书记说：

"对、对，又想起了一宗。 前两年，娃们孙娃们，给我打了个枋子，就是棺材，准备我死了装我埋我的。 柏木的呢，用黑货，就是土漆，油了好几道。 在旧社会，白果树村的地主富农才能睡上这号枋子呢。"

梁老汉这才转身，真的走了。 他自己觉得，脚步比来时轻松得多了。

老汉回到家门口，已快黄昏了。 他站在家门口，看着那端正地挂着的烈属光荣牌。 这烈属光荣牌，挂在这里，已经二十七年了。 他看着，端详着，好像第一次看到。 烈属光荣牌变得模糊不清，是因为暮色苍茫了？ 是因为烈属光荣牌上蒙有灰尘了？ 还是因为眼睛有泪水了呢？ 眼睛里为什么有泪水呢？ 泪水是为什么而流的呢？ 老汉自己也说不清。他用手掌擦了擦光荣牌。 他用手背抹了抹泪眼。

他推门。 竟推不开。 里面闩住了。 还不到夜间，闩啥门呀？ 他一边敲门，一边从门缝里往里看，隐隐约约地看见自己的老伴，正在当堂里，双手合十地跪在毛主席的像前。

四、尾巴户里的资产阶级右派，
大闹忆苦饭便是证明。

　　梁满仓老汉执行孙德旺书记的指示，是雷厉风行的。 第二天的晚饭，就安排了吃忆苦饭。 野菜，是老汉亲自领着重孙子去采集来的。 刺角芽、面条菜、马苋菜等等，都不像两月前那样鲜嫩了，嫌老了一些。 淘得倒是挺干净的。 老伴梁陈氏舀了两瓢玉米糁，要和野菜一起下锅，叫老汉看见了，阻止了她：

　　"不下糊汤，就是野菜清水汤。 掌把盐，就够美了。"

　　梁陈氏驳他：

　　"娃们出了一晌力，光清水汤能喝饱？"

　　梁满仓老汉说：

　　"嘿！ 你咋恁糊涂哩？ 就是不叫吃饱。 要叫吃饱，还叫啥忆苦饭？ 吃饱了，还咋提高觉悟？"

　　梁陈氏叹息了声，不吭了，拧着小脚，把那两瓢玉米糁又倒回缸里去。

　　梁满仓用火镰点着了麻秆，把柴引着。 老伴在灶屋里烧锅做忆苦饭。 他坐在院子里，在构思他的席前演说。 才娃偎在他身边，在唱一首儿歌：月亮走，我也走，我给月亮赶牲口，一赶赶到马山口……这首儿歌也古老得很了，老汉在儿时也唱过的。

黄昏时候，锄地的、送粪的、犁地的、放羊的陆续回来。院子里枣树底下的小桌上面，一盆野菜清水汤，晾得已不烧嘴，正可口。桌子周围，摆了十二张小板凳。今天的晚饭不同寻常，是要围桌而坐、共进晚餐的，一家之长的梁满仓老汉是要在席前发表演说的。他已构思得有个八成了。

梁继娃这天后晌是去送粪了。一百多斤的担子压了一晌，两条腿颠了一晌，肚子饿得咕噜咕噜叫。也没注意晾的那盆汤是啥，洗了手脸，就到灶屋里去找馍。没找到，大声问道：

"奶，没馍？"

爷在院里，叫他：

"继娃，来，坐这儿。"

梁继娃出得灶屋门，看见爷爷、奶奶、叔叔、妈妈、婶婶、弟弟、妹妹、弟媳、侄娃们已经围桌坐好，他去灶屋找馍的工夫，每人面前已盛了碗汤，也给他留了个小板凳，留了碗汤，座位是正好与爷爷对面。继娃坐下，不解地问爷爷：

"这是咋？不是才磨罢没几天吗，就没粮饭了，要喝这野菜清水汤？"

爷爷看着孙娃：

"夜儿后晌，你爷去和孙书记拍话了。孙书记叫咱吃顿忆苦饭，提高提高咱的觉悟性。"

"是这！忘记过去，就意味着背叛。列宁说过的，这是在经典的。"

"谁呀？ 列宁？"

"无产阶级革命的领袖。"

"那是嘛！ 人家孙书记，是县的领袖，不在经典的，人家会胡说？"

梁继娃无声地笑了一下，觉得县的领袖这几个字有点可笑。

爷爷没有注意到，继续说道。 他的席前演说，就这样开始：

"你奶、你妈、你叔、你婶，你爷爷我，都赶上了旧社会那时候，知道旧社会的苦情。 继娃，你们兄弟姐妹没赶上，没受过旧社会那号苦。 你爷年轻时候给地主扛活，上十里坡打柴，饿得腿打战，躺在坡上下不来，还不敢头朝上躺，头朝下躺，想让肚里肠里的饭食菜汤再倒回胃里呢……"

继娃的二堂弟，二十三岁的梁俭娃，就是那天早起去挖地边，嘴里还哼着爱情小曲的那位，打断了他爷爷：

"听了八百遍，我耳朵都磨出膙子来了。"

梁满仓老汉骂了一句粗话，把孙娃的打岔镇压了下去，继续说道：

"八百遍？ 一千遍也不多！ 不说，你们知道吗？ 旧社会那苦情，咱能忘掉吗？ 忘掉了，咱不就成了背啥叛啥，忘本了吗？ 你爷爷我就忘本了。 看咱这如今的生活，三合院，猪羊鸡兔叫唤，轧衣裳机器咯噔噔，马蹄表嘀嘀嗒，真比他富农还富农了。 多亏孙书记他们工作队拉扯呀，眼看咱要掉到崖里，人家给咱拉住了。 掉下去，可就粉身碎骨了呀。 继娃！"

梁继娃好像不怎么愿意地应了一声。 那声音有点特别，好像是在极力压制着什么想要爆发出来的东西。 老汉没理会，继续他的演说：

"孙书记说，看在你爹为国牺牲的分儿上，不划咱新富农，只给咱划个尾巴户，还算是内部矛盾。 我谢他孙书记的恩情，孙书记说，不要谢他，要谢党的宽大。 继娃，你爷我对不起你爹呀。 你爷我真是那个啥背啥叛了呀？"

"是背叛！ 爷，就是叛徒的意思。"业余剧团演员、孙女梁秀插进来给爷解释。

"叛徒？"老汉大为惊讶，有点害怕。

梁继娃终于没有压制住那个要爆发出来的东西：

"背叛最可耻！ 叛徒最可恨！ 应当把那些叛徒下到十八层地狱里去，把他们放到地狱的油锅里炸炸！"

梁满仓老汉哆嗦了一下：

"看你这娃，尽说些昏话！ 咱们党可是讲政策的呀，哪能就把咱下到地狱的油锅里去？ 该戴的新富农帽子，都高抬贵手，没给咱戴。 咱还是内部矛盾呀。"

刚才被镇压的俭娃又插了进来：

"咱是吃饭，还是听饭？ 人家晚黑还有事。 看天都啥时候了？"

梁满仓老汉构思好八成的演说，忘了七成，思路被不断地干扰打乱了，想不起来了，只好说：

"吃吧！ 细细品品你们没吃过的旧社会的那号苦情。你们呀，在蜜罐里泡大的娃们。"

继娃接上话茬：

"蜜罐！ 真甜！ 甜言蜜语一样的甜。"

老汉问：

"你说啥？ 继娃！"

梁继娃说：

"爷，你听我说。 这忆苦饭真成了包医百病的灵丹妙药了。"

老汉说：

"那是嘛！ 灵丹妙药！ 能治你爷爷的忘本病。 你们娃们喝了，能预防。"

继娃又接上了话茬：

"预防感冒？！ 是呀！ 是呀！ 气候反常，小心着凉，棉衣穿上，棉裤套上，帽子戴上。 帽子多的是，满天空飞扬：走资派，复辟派，'文化革命'的反对派，儒家，孔老二的幽灵，刘少奇的孝子贤孙，彭德怀的应声虫，邓小平的社会基础，猫派，新富农，尾巴户。 真新鲜，尾巴戴在头上，也算是一项伟大的发明，杰出的创造，不可磨灭的贡献！ 可惜呀，可惜，不能当饭吃。"

真是喝过墨水的有学问的人！ 老汉对这位哄学生娃的
教师的话，似懂非懂。 继娃的堂弟堂妹们，可是听得有兴
味，竟笑了出来，破坏了这吃忆苦饭仪式的严肃庄重和虔诚
的气氛。 梁铁依旧百事不管，一声不吭，只管喝他的野菜
汤。

冲着那笑声，梁满仓老汉发火了：

"笑的哪一门子？ 吃饭！"

梁继娃却说：

"忆苦饭同志，靠边站！ 这饭不能吃。"

梁满仓老汉用筷子敲碗边，气得撅着胡子：

"你敢这样说？"

梁继娃答道：

"是我说的：这饭不能吃！ 这个孙书记，是想给我们打
一针麻醉剂，吃一味安慰散。 麻醉和安慰，都是妨碍建设社
会主义的毒药，滚他的蛋！ 忘记过去，就意味着背叛。 那
么，记住过去，是为了什么呢？ 难道不是为了告别过去吗？
难道不是为了让那个贫穷的、罪恶的、灾难的、黑暗的过
去，永生永世不要再回来吗？ 难道不是为了爷爷你，以及与
你一样受苦受难的人，不再因为肚饿而头朝下躺在坡上吗？
我们的党领导人民闹革命，付出了多少血的代价！ 其中也有
我爹的血。 是为了什么呢？ 是为了建设一个繁荣强大人民
富裕的新中国！ 为什么有人和这个神圣目的作对呢？ 为什
么当人民的锅里碗里的饭稠了一些，他们这些人就不高兴

呢？ 说得好听！ 防止资本主义复辟。 我怀疑，他们这些人就是想把我们拉回倒退到那个喝野菜清水汤的贫穷黑暗年代去，先叫我们熟悉熟悉这种饭菜的滋味。"

喘了口气，他又继续说：

"这种滋味？ 当我们这些年轻娃没尝过吗？ 六〇年的大半年的日月，哪一餐哪一顿不是喝的这野菜清水汤？ 爷爷你喝得全身浮肿，爬不起来床。 老黑爷不就是六〇年饿死的？ 还有……"

这就是梁继娃对梁满仓的席前演说的答谢词。 孙子对爷爷的答谢词。

天完全黑了，人们脸部的细微表情，完全看不见了。 只听得梁满仓老汉沙哑着颤抖着吼了出来：

"好你个公子少爷！ 算是供你喝过几年墨水，算你学问大，云天雾地地胡诌八扯！ 扯到天边上，你今天也得把这碗忆苦饭吃了！"

梁继娃端起碗，站起身，起了步。 隐约看见他往猪圈那里走去。 传来一个声音，是他把那碗汤倒在猪食槽里的声音。

当爷爷的也站了起来，要去撵孙娃，打他，给他一点颜色看看，给他一点切实的教训。 动了一步，就被小板凳绊倒了。 那孙娃已经出了院门。 继娃的苦命的妈妈在院门那里喊：

"继娃——，继——娃——"

与此同时，梁满仓老汉嘟噜着：

"还真叫人家孙书记说着了，咱家还真出了个右派！"

那妈妈还在那里呼唤：

"继——娃——"

那个被称作右派的，连身影也看不见了。

五、孙子的腿打断了爷爷的棍子。

这天夜晚，梁满仓老汉的家里，有些人没有能睡好觉。

老汉自己，不必说了。夜不成寐，以至第二天早起破了例，竟没有领着才娃去拾粪。

梁秀也没睡好，在业余剧团里，她是个主要演员。这天夜晚，是去排《龙江颂》，她扮演江水英，Ａ角。业余剧团团长是团支部书记兼的。他告诉梁秀，工作队的意思，让她先不要参加演出活动。她和团长吵了一仗回来，睡不着。

梁俭说晚黑还有事，是去金马河边的桐树林子里约会了。他的对象吴菊，倒是按时来。来是来了，怎么不说话呢？问十句百句，都不吭声，只是愣把河边的小石子往河里撂，撂个没完没了，总算开口了，只一句话：

"俺爹说你家走了资本主义道路了。"

说完，这个有两条大辫子的女娃，就哽咽着跑走了。

梁俭睡不着。他第二天早起，扛着锄头去锄地，眼睛很忧郁的，嘴里也不哼什么小曲了。

继娃的妈，颠着解放脚，找继娃来了。他当然在小学校里。他在学校里有一间简陋的住室兼办公室，有时就在这里住的。妈妈看见，自己的继娃正在就着冒着一缕黑烟的梓油灯看书。啥书呀？都有一块砖那样厚！连蚊子咬都顾不住拍打，连妈妈进来都没听见。妈妈在娃的后脖颈上拍打了一下，拍死了正在那里叮娃的一只蚊子。继娃这才回过头来，看见妈站在身后，眼睛里有怪怨自己的意思，有怜悯自己的意思。手里呢，掂了个手巾包，妈解开，原来是五个熟鸡蛋。娃笑着喊了声：

"妈！"

妈坐在娃的床边，数落起娃来：

"娃吔，你半岁上就没了爹，妈就守你个独娃。你是爷屎一把尿一把拉扯大的。爷对你啥号样？攥在手里怕碎了，含在嘴里怕化了，搂在怀里怕闷了，连一手指头都没招过你，算是一百成了！供你上学念书，咱家的高中毕业生，不就是个你？你好不该呀，不该惹你爷生气。"

"我可怜爷。"

"那你还惹他生气？"

"我肚里有气。"

"有气能冲着爷出？快给鸡蛋吃了，跟我回去给爷赔个不是。"

鸡蛋，倒是听了妈的话，吃了。回去给爷爷赔不是，没听妈的话。继娃一边吃鸡蛋一边向妈说：

"明早起吧，今黑，我得看书。"

妈对那本展开的厚书尊敬地看了看，叹息了声：

"你娃也是，喝了那碗汤，不就啥事都没有？ 也省得你
爷摔一跌。"

继娃问：

"没摔着哪里吧？"

"倒没有。 气得真不轻！ 日骂连天地骂你是个右派
呢。"

梁继娃笑了笑，没吭声。

一股汗臭味。 妈看见娃的枕头跟一堆脏衣裳。 她给折
把折把，准备带回去洗。 转换了话题，又是数落：

"你大弟，娃都多大了。 你二弟也在对象。 你是咋？
二十七八的男子汉，没尾巴鹰，还打算成家不成家？"

"妈，我还不满二十七周岁呀。 不是号召晚婚吗？ 再
说，谁家的闺女肯跟我这个右派呀？"

妈抱着那堆脏衣裳，站起来：

"那你就跟你那书本成亲吧。"

妈走了。

梁继娃继续啃他的书。 是《马克思恩格斯选集》第三
卷。 他正在看恩格斯的那篇名著：《社会主义从空想到科学
的发展》。

说实在的，恩格斯的这篇名著，对于我们的小学教师来
说，啃起来，还是相当艰苦的一件工作。 现实生活提出了问

题，他想从革命导师的著作里寻找答案。但是，答案并不十分现成。将近百年之前，一八八〇年写的这篇著作，其中提到的许多情况，他不熟悉，不懂得，读来颇费力气。"为了使社会主义变为科学，就必须首先把它置于现实的基础之上。"这是这篇著作第一节的最后一句话。读完了这句话，梁继娃把那本厚书合上，打算以后再继续读。一面在心里怪怨自己太缺乏关于历史、哲学、政治经济学等方面的常识。他抬起头，准备吹灯，准备睡觉，突然碰到了周总理的那双眼睛。是镶在镜框里的总理的遗像，放在他的案头的。他面对总理遗像，心痛地想起近来报刊上转弯抹角地对这位伟大革命家的无耻攻击。他想了很久。一个原本模糊的东西，现在异常鲜明起来。他执着地认定：必定有人把社会主义口号喊得震天响，实际上却干着破坏社会主义的勾当。这个什么割尾巴运动，不过是他们的罪恶勾当的一个小小的环节就是了。

睡得虽晚，却很早就醒来。梁继娃回家，路上思忖着，咋能把自己昨天晚黑讲的意思，向爷爷解释清楚呢？咋能把昨晚想的，也能向他老人家讲明白呢？回到院子里，天色还朦胧着，就见爷爷坐在当堂门口，手里还拿着根柴火棍。继娃还没有思忖好表达思想的适当的语言，他叫了声"爷"，就到灶屋去，想先担两挑水。那爷，却追了来。继娃只听得身后骂"你个鳖孙娃"，随即觉得右腿肚子上挨了一击，他回头，看见那断了的半截柴火棍正在半空中飞舞。原来是根朽了的柴火棍，也不知是梁满仓老汉随手捞来的，还是故意挑拣的。

爷孙两人相互对视着，透过微弱曦光，可以互相看见各自的表情都有些惊愕。这在他们爷孙的关系史中，是空前的一个事件。

六、小学教员给县委书记上课，
未免十足书呆子气，缺乏自知之明。

工作队的工作是相当细致的，动员大会之后，又召开了一系列的各种类型的会议：党员会、团员会、干部会、积极分子会，以及新富农和尾巴户之对象户的家属会，等等。有的会是武装骨干，有的会是解除顾虑。方法不同，目的一致，都是为了把神圣的割资本主义尾巴的运动搞好。运动群众，倒也顺利。这天，就是梁继娃的腿打断了他爷爷的棍子的这天后响，工作队召开对象户的家属会。家属会，家长自然是不好去参加的。那个只知道在地里死受，又不会放个响屁的梁铁，当然也不愿去参加什么会。梁继娃却自报奋勇要去参加。梁满仓老汉很怕这娃子去给自己扒出什么豁子来。但又想，叫这娃去亲自接受接受人家县的领袖孙书记的教育，开开他的顽固的脑筋也好。同意了之后，嘱咐他：到会上，不是在家里，要多听人家开导，不要乱发言，态度要好，人家书记叫咱咋着咱咋着，不得违抗人家县的领袖的命令，人家是代表党的，咱对党是一百个对不起。 孙书记交代过了，退赔咱也要带头。 咱原来是无产阶级，又是光荣烈属，现在也还是内部矛盾，咱不带头谁带头，等等。 梁继娃"嗯嗯呵呵"答应着，并没有明确地表示什么反对的意见。

会在小学校里一间教室里开，正是梁继娃任班主任的五年级一班教室。 一小撮对象户的家属，稀稀拉拉的，坐在小学生的座位上，只占了全部五十多个座位的 X 分之一。 孙德旺书记站在讲台上训话。 那地方，正是梁继娃平常给学生娃们讲课的地方。 开场之前，坐在孙德旺身边担任记录的一位工作队员，一个挺好看的学生模样的女同志，遵照孙书记的嘱咐，要大家先自报一下家门。 当梁继娃自报自己是梁满仓的孙子时，孙德旺书记特别青睐了他一眼，甚至面带微笑。

孙德旺书记的训话，就不必详述了。 反正还是从全国阶级斗争的大好形势谈起，而且，形势越来越好；又讲到割尾巴运动的意义、政策、方法等等，和动员大会上的报告，也差不了多少。 只是，因对象不同，而口气不同，因对象不同，而另有侧重就是了。 侧重点落脚在要这些对象户的家属端正态度，做好家长的工作。 并发出警告，不得破坏运动，否则必将严惩不贷。 有言在先，勿谓言之不预也。 训话中，插了一段调子比较温和的插曲，是表扬在场的梁继娃的祖父梁满仓的模范态度的。 梁老汉的模范态度，我们已经描述过，不再啰唆。

训话完毕，鸦雀无声。 这种会的听众之反应，其不热烈，可以想见。

孙德旺书记点名了。 点到了梁继娃。 他当然是想让梁继娃表示一下像他祖父梁满仓那样的模范态度，给这些对象户的家属树一个榜样。 他点名时的语气，甚至都有一点脉脉含情。 他是寄予重望的。 他向坐在后排的梁继娃说：

"梁继娃，你表示一下态度。"

那个作记录的女工作队员，拿起笔，准备记，等着梁继娃表态。

孙德旺点燃一支烟，透过缕缕蓝色和团团灰色的烟雾，眼睛含笑地看着梁继娃，等着他表态。

总有吸半支烟的工夫，那梁继娃极力把自己的声音压制得平静，以至没有抑扬顿挫，没有着重点，甚至有些微发颤：

"我反对这个割尾巴运动。 这个运动是错误的，荒谬的。"

"什么？"训话之后归座的孙德旺书记，弹跳了起来，那原本就有些炽热的空气，必定因为他的炸雷般呼叫的声波的震荡，和他四溅的唾沫星子的污染，而变得更加炽热起来，以至他过早谢顶的头上，竟渗出了汗珠。

占了这个教室的座位 X 分之一的一小撮对象户的家属们，也竟略微有点骚动起来。 几分钟前还是鸦雀无声的会场，好像飞来了一小群喊喊喳喳的小鸟。

可是，那个梁继娃，还是用刚才那种平静的声调，重复一遍：

"我反对这个割尾巴运动。这个运动是错误的，荒谬的。"

"你竟敢这样说？"孙德旺那头顶上的汗珠，变成了涓涓细流，顺着宽阔的前额淌下来，遇到了浓淡适度的眉毛，就兵分两路，淌到两边丰满的、现在由于气愤而变得有点红喷喷的面颊上了。

"我心里这么想，我嘴上就这么说。"

"你考虑过你说这话的后果吗？"孙德旺掏出手绢，擦了擦汗，温度略微降低了一度。

"国家是人民的国家，有我一份。我的父亲，就是为这个新中国贡献了他的生命的。他那时年轻，还没有我这样大的年岁。国家兴亡，匹夫有责。我也有责任。我，只是一个山沟里的不拿国家工资的民办教师。但我是人民中的一员，我对国家负有责任。当我看到不利于我们无数先烈用生命和鲜血换来的这个人民当家做主的新中国的事情时，我有责任说出来，希望得到纠正。后果吗？眼前的，长远的，都想到过。但是，不论得到怎样的后果，总不能阻止我说心里想说的话，总不能阻止我尽自己的一份责任。责任大于任何后果！"是那种当教师的讲解课文的习惯势力吗？是那种从那天早晨在灶屋门口破柴，或是可以追溯到从去年冬天那个关于开展教育大辩论的文件下达之日开始，就郁积在心里，总想爆炸出来的力量的促使吗？ 这种力量在昨天的忆苦饭席前还没有宣泄尽吗？ 洋洋洒洒讲了这么一大篇，像是站在讲台上给学生讲课似的。 可是，这是当着许多人的面，当着许多像他这样被"全面专政"的对象的家属的面，向县委书记讲话。 这位书呆子，忘掉了这是什么场合了吧？

船碰到礁石。 车遇到路障。 原来是在这里！ 一个小小的民办教师！ 芝麻大的最低一级的臭资产阶级知识分子！ 孙德旺书记坐了下来，心想，对付这样一个人物（如果说也算个人物的话），动这样大的肝火，大可不必，与自己的地位和身份有些不大相宜。 礁石，炸掉！ 路障，排除！ 岂不是很简单之事吗？ 他改变了主意，想观测一下这块礁石，让它彻底暴露一下。 随即，口气也平静了下来，问道：

"梁继娃，你估计会有什么后果呢？ 你怕不怕呢？"

问过后，又向他身边的女同志小声嘱咐：

"详细记录。"

那女同志点了点头，随即看着梁继娃。 那眼神，是鼓励他讲呢，还是阻止他讲呢？ 被看的人不懂。 他没有理会，讲他心里想的：

"有些后果，我不怕。 比如说，我不怕撤职。 我没有乌纱帽，无职可撤。 不当教师，回队劳动，也还是一样挣工分吃饭。 我不怕开除党籍，我还没有入党。 我不怕离婚，我还没有结婚。 物质存在决定思想意识。 这方面，我没有什么包袱，恐怕比你孙书记还要轻松一些。"

　　孙德旺几乎被这个梁继娃的奚落激得发起怒来，但他抑止住了。 心想，这是个不好剃的头，偏剃剃看。 于是，声音依旧平静地说：

　　"你想到其他的后果没有呢？ 比如说坐牢，杀头。"

　　梁继娃笑了笑："会有那样严重吗？"但随即就严肃起来，继续说道："也有这个可能，一切都是可能的。 自由和生命，一个人最宝贵的，莫过于这两样东西了。 坐牢，就要失去自由。 杀头，就要结束生命。 失去自由，结束生命，真可怕啊！ 你不怕吗，孙书记？"

　　没想到又遭到一下突然的袭击，被问的孙德旺甚至愣怔了一下。 他用一个不自然的笑，压制住了梁继娃挑起的怒火。 心想，不可小看这个芝麻大的最低一级的臭知识分子呢，不是一盏省油的灯呢。

　　"我是问你呀。"

　　梁继娃未加思索，就答道：

　　"我怕。 因此这样的后果，我连想也不愿想。"

　　"可是，这种后果，如果降临到你头上来了呢？"

　　"那就无可奈何了。 那就要看是为了什么了。 有两种情况，毛主席分析过的：或重于泰山，或轻于鸿毛。 这不用我多做解释了。 对待此等事，也有两种态度。 简单说来，一种是硬骨头，一种是软骨头。 如果是为了人民的利益，个人的自由和生命，虽然可惜，虽然可怕，也都是可以抛掉的。 许多先烈已经做出了榜样。 我父亲就是一个。 我希望学他们的样子。 可是，现在讨论这个问题，是没有什么意思的。 那毕竟还是没有到来的事情。"

"那我们可以继续讨论一下这个割尾巴运动。 梁继娃，你还有什么意见要发表吗？"

又遇见了女记录员的那对眼睛。 是赞佩？ 是怪怨？ 反正是两种互相矛盾的东西。 被看的人弄不懂，没有理会，说他心里想说的话：

"还有意见。 五十年代，那时候，我在上小学，就是在这所学校。 老师教我们唱过一首歌：《社会主义好》。 那曲调，那歌词，至今我还记得。 这首歌，那时候不光是在孩子们中间流行，在成年人中间也是流行一时的。 那时候，人们是满怀着自豪和热烈的感情唱这首歌的，可以说，是用心灵在唱。 现在呢，七十年代中期，人们是在唱另一首歌了。 孙书记，你大约没有听到过吧？ 我可以向你报告这件新闻。 这首歌没有曲调，歌词也极简单，只两句。 请担任记录的同志记准确。 这两句是：想社会，盼社会，谁知社会恁受罪！"

"啊？ 竟有这样的歌？ 你对这歌怎么看呢？ 做何评价呢？ 你不认为它是反社会主义的吗？"孙德旺感受到了鱼嘴碰到了钓饵那种喜悦，应当使鱼咬住钓钩。

又遇见了记录员那对矛盾的眼睛。 不懂，不理会。

"我给它极高的评价。 我认为这是人民的呼声，人民的批判。 人民对某些人搞的带引号的社会主义的批判！ 这种批判，极其深刻，极其尖锐，富于强大的生命力。某些人，连同他们搞的带引号的社会主义，必将在人民的批判面前覆灭。而人民，连同他们想的盼的真正的社会主义，必将胜利。"

"某些人？是谁呢？什么叫作带引号的社会主义呢？"

"举一个最近的眼前的例子，就是你们搞的这个什么割尾巴运动。这就叫作带引号的社会主义。孙书记，你能告诉我，马克思主义在什么地方说过，富裕和劳动联系在一起，叫作资本主义吗？我却可以告诉你斯大林讲过的一句话：社会主义不是贫困。看一看我们白果树村的情况吧，劳动日值，依旧是两角七分钱！二十多年了，就在这个两角七分徘徊。在许多方面，都回到石器时代，回到凿石取火的时代了。你应当知道，应当看见。这是怎么回事呢？就是带引号的社会主义造成的恶果。我不清楚全国的经济形势，但是，从我们白果树村所发生的情况，也可以感受到一些，工业、运输业，必定也是不妙。要不，为什么没有油料呢？为什么连一盒火柴一块肥皂都买不到呢？在这种情况下，还要说什么形势大好，莺歌燕舞，人民能相信吗？至于某些人是谁，我不知道，我不认识。他们必定是掌握了很大权力的人，可能是在中央委员会里。至于你，孙书记，只不过是跟着这些人搞带引号的社会主义的一条尾巴而已。虽然不算不卖力，也终究只能算是一条尾巴而已。"

孙德旺的脸色发青，下面的话是从牙缝里进出来的：

"很好。 你给我们上了一课。 你这个教员对我们很有用。 现在，请你先回去休息。 我们要很仔细地研究你的高见。"

梁继娃走出了教室，听到孙德旺大声说的一句话："牛鬼蛇神是非跳出来不可的。"以后的话，没有听清。 他走后，这个家属会进行了多久，都是些什么内容，他就不知道了。 也没有打听。

七、《得罪谣》的作者梁铁小传。
他为什么不为人民服务了？
以及他为什么成年不放一个响屁？

得罪保管挨秤砣，
得罪会计笔尖抹，
得罪队长派重活，
得罪书记不得活。

某个时候，在某个范围内，在白果树村，曾经流行过这首民谣。 这首民谣，原本没有题名的。 因为四句都有"得罪"二字，为了方便起见，我们就叫它《得罪谣》好了。 作者，估计并不是一个人，很可能是集体创作。 民间流传的文学作品，包括歌谣在内，通常都是这个情况。 这首《得罪谣》，或者夸张了些。 不夸张，又哪里有什么文学哟！ 其主题思想，显然是对干部作风的一种批判。 凡是掌握或大或小权力的人，如果抱着闻者足戒的严肃认真态度对待它，都应当而且可以得到教益的。

大约是七十年代开始的年月，"全面专政"搞得也还正是方兴未艾的时候，人们忽然有了一种兴趣，要考证《得罪谣》的作者了。 考证来，考证去，不知怎么一来，就考证到梁铁头上来了。 据有人揭发，他曾在麦场上说过这四句。 时间呢，又是在"文化大革命"取得伟大胜利的一九六九年。 这就不得了！ 成了对"文化大革命"的态度问题，成了对新生的革命委员会的态度问题，成了阶级斗争的新动向了。

梁铁只记得，这四句，他是听来的。 从哪里听来的？记不得了。 至于在打麦场上说过，也的确是说过的。 如此这般，梁铁也就只好独享创作《得罪谣》的荣誉，也就只好独自接受那份相当厚重的精神奖励了。 先是说蓄意挑拨干群关系，后来又说，哪里是什么挑拨干群关系哟，保管、会计、队长，全都无关紧要，不过是一层烟幕罢了，要害在最后一句"得罪书记不得活"。 书记何指？ 这不就是直指中央书记吗？ 岂不就是直指伟大的领袖毛主席吗？ 梁铁诚惶诚恐，觉得实在是过奖了。

还有下文。 又联系了梁铁的历史。 结论是没有什么奇怪，他是一贯反毛主席的。 竟也不是凭空捏造，是有事实为据的。 那事实是，梁铁一九五八年时在生产队当队长，先是对"大跃进"的形势跟不上，后来发展到反对"大跃进"，诸如对大放粮食高产卫星，对大办钢铁、大办食堂，不但言论上有微词，行动上也有所抵触。 一九五九年反右倾，证实他是彭德怀的应声虫。 出党，罢官（从那以后，他就不为人民服务了）。 他当然心怀不满。 于是，遇到了适当的时机和气候（七十年代初期是何等样的适当时机和气候，天知道），就又放起毒来。 于是，对他的精神奖励就又有升级之势，很想奖给他一顶帽子戴戴。 县委第一书记赵中汉，有过在反右倾时挨整的经验，看到报来的梁铁的材料，很可能是出于同病相怜吧，竟利用职权把梁铁包庇了下来，只批了"予以批评教育"几个字。 这个内情，梁铁当然无从知道。

"真话不能说，假话没学会。"梁铁在心里沉痛地总结了自己的历史经验教训。 于是，从接受了那份厚重的精神奖励之后，就成年不放一个响屁。 国事、队事、家事，百事不管。 "脸朝黄土背朝天，装聋作哑莫发言。 只管三饱一个躺，话在肚里沤不烂"，成了这位土改时的积极分子、合作化时的共产党员、"大跃进"时的生产队干部的处世格言了。 几年来，倒也行之有效，相安无事。 他在队里当牛把，成年就知道在地里死受。 习惯成自然，好像真成了哑巴，对牛也不说句话，只是"吁吁""哦哦"、"哦哦""吁吁"地使唤牛。

那天吃忆苦饭时，他这位叔叔对侄娃子的高见，有些什么感想呢？ 他这位儿子对爹的席前演说，有些什么见解呢？
都不知道。 他没有吭声。 野菜汤喝多了也能混个肚子圆，
他喝了三碗。 那天夜晚，你睡不着，他睡不着，梁铁的庄稼
人的鼾声，可是照样均匀香甜。 什么家属会，他当然不去。
梁满仓老汉也没打算叫这个没成色的货去。 他依旧到地里
去死受。 他只知道死受。

八、只剩下了鸡屁股银行。 咱人人都是行长。

畜生也是有感情的吗？

长白猪，你还算是个少妇吧？ 你的乳房丰满，脚步娇
健，含情脉脉，婀娜多姿。 在你的卵巢里，才孕育和诞生了
三窝子女，虽然每窝七八头（多了些吗？），但总还只算是
三胎。 你正青春年少。 另一个，略为年长些，也还是有着
吸引异性的魅力的。 它已经生了五胎。 经年累月，在梁满
仓老汉的三合院里，它们已很住有一些时日了。 可以说，它
们是在这三合院里长大的，对这里的一切，都习惯了。 按时
开饭，那饭食是很可口的；出圈垫圈勤，那圈不论散步休息
都是很舒适的； "啰啰啰，啰啰啰"，那呼唤是很亲切的；
冬天，日头可以照射到它们，那日头是暖洋洋的；夏天，院
里的楸树的枝叶正好遮挡着它们，那是很阴凉很惬意的。 还
有一个小猪崽子，也不小了，才五六个月吧，膘肥体胖，已
是百斤左右了，是那个年轻妈妈的宠儿。 可是为什么，它们

要离开这亲切的三合院，要离开这惬意的猪圈，要离开这熟悉的呼唤的声音，这是为了什么呢？ 它们一点也不懂。 它们显然是不愿离开的。 赶它们走，棍子着实地打在它们的背上、腔上；它们嚎着叫着，头一扭，一转身，又跑到三合院门口来了，当然被截住了，又挨了顿更狠的棍子。 它们"哼哼"着，回头看着，那眼睛透露着爱恋之情。 它们奇怪，为什么听不到那呼唤它们的声音，为什么不来救援它们呢？ 这是把它们赶到哪里去呢？

四只羊，两公两母，都还年轻，也被牵走了。 是在猪的后面，呼吸着猪的蹄爪和人的脚步扬起的灰尘，那灰尘在西斜的阳光的照射下，是亮的。 牧羊少年梁明，在前一个晚黑，被梁满仓老汉支使去金马河的南岸他外婆家去了，说是叫他给外婆送一样治哮喘的草药，顺便在那儿住两天。 不过是借口罢了。 梁明昨天傍黑临走前，还给羊割了草放在羊栏里。 那羊们被绳拴住拉扯走了。 它们的眼睛有些惶惑，四下张望，在寻找它们的小主人，但终未找到。 它们"咩咩"地叫着，那声音有一点忧伤，仿佛是向它们没有找见的小主人告别吧。

窗棂的底部，恰恰露出了才娃从下嘴唇起以上的脸部，那下嘴唇被牙咬着。 咬着什么呢？ 那脸部是惊惶的表情。 那眼睛的下面，各挂着一滴泪珠。 他看见：人们正在把安哥拉兔装到一个竹笼子里，提走了。 他的安哥拉兔。 他的朋友。 他的伙伴。 他的童年的欢乐。

那个放在柴屋里，用柏木做的，用黑漆油了好几道的方子，被抬走了。

那架连地主富农都未必见过的缝纫机，被抬走了。

鸡，按人头留下了十二只。真是按"政策"办事，一点也不马虎。

那么，猪呢，羊呢，为什么不留下一头呢？这不也是他孙德旺书记宣布过的"政策"吗？据说，那应当按"政策"留下的一头猪和一只羊，顶退赔了。退赔啥？不说别的，单是这几年的小秋收，卖橡子橡壳的钱，那一头猪一只羊能顶得上吗？这已经是很宽大的了，若不是他梁满仓老汉的态度好，哼！

在土地改革时记事的娃们，都能够记得这场景。没收地主的浮财，农会委员和积极分子们，正是如此这般地在地主的大院里忙活的。委员们和积极分子是欢乐的。他梁满仓老汉就曾是这欢乐的一群中的一个。那时候，人家也曾是被尊称为梁委员的。梁委员记得，在没收地主王进财家的浮财时，他看见过老东家王进财的眼睛，恐惧而仇恨。他这个扛长工的当时咧开大嘴，大笑三声，翻身解放，喜悦欢畅，一下从他这个扛长工的吃菜咽糠的肚里肠里迸发了出来，那笑声竟是那样的吓人吗？老东家王进财吓得连忙扭转了脸，连眼睛也连忙闭起来了……而现在，这是怎么回事呢？怎么一回事呢？

男女青壮劳力，都不在家，各干各的活路去了。庄稼活路多的是。 在家的就是才娃、梁陈氏、梁张氏，和这个四世同堂的向阳门第的一家之主，他梁满仓老汉。 才娃在屋里窗子前站着，那老婆媳俩坐在床上，透过窗户，远远地看着院子里发生的事情。 在院里张罗的就是梁满仓自己。 总得要有个人张罗吧，他不张罗谁张罗？ 他张罗着，发现人们的表情木然，好像是在做随便什么能挣得工分的活路，完全没有梁满仓他们当年那种热乎劲，那号欢乐样。 这些人，不说不笑，像是一架架搬运机器，好像是不大乐意干这种活路挣这号工分样。 梁满仓老汉甚至想说点什么，给他们鼓鼓劲，但终于也没有说出来。 啥也没说。

喝罢汤，有好月亮，一家人在院里乘凉。 鸡早归了槽。是对后晌发生的事情感到害怕吗？ 竟一声不吭。 也没有了猪呀羊呀兔呀的气息和声音。 好冷清呀。 谁也不说话。 好寂静呀。 梁继娃笑出声来说：

"这下好了！ 只剩下了鸡屁股银行。 咱一人一个鸡屁股银行呢。 咱人人都是行长。 奶奶是总行长。 才娃咃，你也是行长呀。"

没有给谁逗得笑起来。 都听得出来，他继娃自己的笑也是苦的。

还是寂静。

这寂静真叫人难受。

继娃也想不出来什么话好说了，也笑不出来了，哪怕是带有苦味的笑呢。

终于有了声音了：

"吱——吱——吱——"锯树的声音。 是在锯房前屋后的树了。 "吱——吱——吱——"不知是谁们领了这个活路，乘月亮头凉快天干。

"吱——吱——吱——"好像是在锯这院子里人们的五脏六腑。 年轻的人们：梁勤、梁俭，弹跳了起来，钻屋里去睡觉了；梁秀捂住了耳朵。

"美妙的音乐！"梁继娃看了看妹妹，然后如此评价那锯树的声音。

梁秀听出来，继娃的话是酸的。 这酸传到她鼻子里，随后那两眼也潮湿了。 月光下，哥哥看着妹妹潮湿的两眼，那好像是两眼汪着水的小山泉。

有撞门的声音。

"谁呀？

不搭理。 还是撞门。

继娃去开了门。 蹿进来个白家伙！ 原来是那头长白猪崽。 它哼哼着，跳进了猪圈里去。 把它关在什么地方了？它是咋逃出来的呢？ 你个长白猪崽！

"快给人家送回去！ 给人家送回去！"梁满仓老汉叫喊看，命令着，特别强调了"人家"这两个字。

继娃的妈端来个盆，往猪圈那里走去："总得叫它先吃点啥吧，怕是饿了。"

随后，就是"啰啰啰，啰啰啰"的呼唤，那声音和平日没有什么异样。

畜生也是有感情的吗？

它们是低级动物。 它们的感情是简单的。

人呢，怕就要略为的复杂一些喽。

九、中共县委第一书记
支持右派，这没有什么奇怪。
原来他就是正在走的走资派。

梁继娃起了个大早，上金马河南岸的十里坡去打柴。 实际上，柴还有的是，并不等着烧。 是想到十里坡的林子里，呼吸一下那里清晨的空气吧？ 他肺里的郁闷之气，是应当用清新的空气来换一换吧？ 他的纷乱的思绪，应当清理一下吧？ 十里坡上寂静的山林，那倒是个好地方。 他的强健的胳膊腿，也应当活动活动吧？ 上坡打柴，这倒是个好办法。他起了个大早上坡打柴，这大半是他自身精神上的一种需要。 朦胧中，他过了河。 河上有踏石，他不走。 他涉水过去。 清凉的河水埋到他的膝部，沁入他的肌肤，那清凉的感觉传入他的心脾。 他正需要这种感觉。 朦胧中，他上坡，低头探腰，一步一步地往上攀登，仿佛在思索。 约莫攀登了一半路程，他在一棵高大的白皮松树下站住了，白皮松下有一块大青石板，这块天然的大青石板，稍微有那么一点上下倾斜着，上坡下坡的人们多在这里歇口气吸袋烟。 他不会吸烟，也不坐下歇气，就站在那里，凝视着这块略为倾斜的青石板。 影影绰绰的，他看到青石板上头朝下倒躺着一个汉子，那汉子饥饿的无神的眼睛望着天空。 这汉子不是别人，就是他的爷爷，他想象中的他爷爷梁满仓老汉年轻时的形象。 他听爷爷多次说过，年轻时给地主王进财扛长工，一次上十里坡打柴，饿得下不来坡，就是这样倒躺在青石板上的。 这青石板，他见过多次了。 今天，他也不知道为什么要如此地凝视着它。 他不吭一声，甚至也没有一声叹息。他用柴镰猛击了一下那青石板，发出一声金石相撞的声响，迸出一星金石相撞的火星。 随后，他继续攀登，依旧低头探腰，一步一步，仿佛在思索。 朦胧逐渐退走，曙光逐渐给这个山村青年低级知识分子的沉思的脸涂上一层亮色。 眼睛黑白分明，甚至是双眼皮。 脸像是涂抹上一层黑红的油彩，那是太阳和风雨涂抹的。 嘴紧闭着，两个嘴角向鼻翼那里斜插上去，隐隐约约有两条浅浅的纹路，人们通常把这种纹路作为坚毅的一种象征。 我们的主人公竟有幸也长了这么两条象征坚毅的纹路，虽然是浅浅的。

到了林子里。 林中的鸟儿们叽叽啾啾地鸣唱着。 它们不知忧愁。 它们是欢乐的。 它们欢乐地迎接又一个黎明。果然，林子在鸟儿们的鸣唱声中，亮了起来。 火球似的太阳从东方，从金顶垛的后面滚了上来，用它那金红的色彩染遍了这片山林。 嗬，山林，何等的辉煌啊！

在辉煌的光亮中，梁继娃看到一个身着浅灰色衣裤的人的背影，正沿着林间小径往远处走去，他慢慢地走，仰着头，学着鸟叫，"叽叽啾啾，叽叽啾啾"。 学得并不像。那人既没有拿柴镰，也不扛冲担，不像是打柴人。 那人转回身来，对着太阳升起的方向走来，沐浴着朝阳，沐浴着晨风，向他梁继娃走来。 还是那种悠闲的步伐，仰着头，看着树的顶端，学着鸟叫。 走近来，继娃打量他，大约五十岁年纪，头发新理过，胡子才刮过，衣服干净，干部模样。 好像有点面熟，记不清了。 这人莫非是鸟类学家吗？ 森林学家吗？ 他在研究鸟类和森林吗？ 他的裤腿是湿的，露水未干。 他竟上来得早啊。

"打柴人，你早！"那人在梁继娃身边停下了，并且向他致以早晨的问候。 这声音仿佛也是熟悉的。 记不清了。

"你更早！"继娃答道。

"你知道这林子里有多少种鸟吗？"

"不知道。"

"你知道这片山林里有多少种树吗？"

"不知道。"

"你能向我讲一讲这片山林的历史吗？"

"不能向你讲，因为我也弄不清楚。 反正它很古老了，比你我都老。"

"是啊，古老的森林！ 幸存的森林！ 十八年以前，我们的钢铁大军怎么竟没有发现他们啊？"

"没发现？ 不可能！ 只不过是因为山高坡陡罢了。"

"山高、坡陡。 有道理。"

"你这位同志好像对树啊鸟呀有兴趣。"

"有兴趣。 希望的色彩，生命的音响，怎么能没有兴趣呢？"

"你是——"

"我是干什么的？"那人看着梁继娃，好像要继娃回答他。 继娃发现他的眼睛里藏着一点狡黠的笑。

"我是干什么的？ 我正在走！"说着，他就走了起来，还是那个步调。 只是没走几步，就又转回身来了，又站在梁继娃的身边，用他那并不细嫩的手掌拍着继娃的背，问：

"懂了吗？ 正在走！"

"不懂。"

"有句口号，总该知道。 叫作走资派还在走，造反派要战斗。 知道吗？"

"这句口号，倒是在报纸上读到过。"

"这就对了。 我呢，还在走。 正在走。 明白吗？"这人的兴致竟这样好，又表演了一番，又走动了几步。 他转回身来，正碰见梁继娃发亮的眼睛。 梁继娃几乎是大声喊出来：

"啊，你是县委赵书记吧？"

"你倒猜得准。 赵中汉。 我碰见的不是一个要战斗的造反派吧？"

"右派。 梁继娃。"

"右派？ 有意思。 五七年那时候，你还是个穿开裆裤的娃娃呢。"

"刚刚得到这种荣幸。"

"刚刚？ 梁继娃？ 梁？ 白果树村的吗？"

"白果树村。"

"你们村里好像发生了点什么事情，是吗？"

"正在搞割资本主义尾巴运动。"

"割尾巴，割尾巴。 奖懒罚勤的政策，普遍贫穷的路线。 照某些人看来，我们的社会主义就是要穷，穷才能革命，革命是为了穷，越穷越革命，越革命越穷。 这是社会主义吗？"

"你说呢，赵书记？"

"哪来的赵书记？ 只有赵中汉。 罢官喽，靠边喽。 我是被贬到十里坡大队劳动改造，以观后效的。"

"那很好。"

"怎么很好？"

"我说你是个很好的人。 比起正在我们村割尾巴的那位孙书记，你很好。 你还懂得一点农民，懂得一点老百姓。"

"懂得农民。 真是太夸奖了。 你是农民吗？"

"挣工分吃饭。"

"你好像有文化。"

"农民不准有文化？ 有文化就不算农民？"

"有文化的农民。"

"农民中的尾巴户，尾巴户中的右派。"

"尾巴户，新鲜！ 请问你这位尾巴户中的右派同志，你怎么知道在下我姓赵的呢？"

"正在走的走资派同志，你自己总该记得，一年多以前，你在县大礼堂做过一次关于教育问题的报告。 我是你的听众。"

"记得，记得。 那是我十恶不赦的罪状中的一条，叫作鼓吹教育黑线回潮。 那么，我就能猜出你的身份了。 你是梁老师。"

"知识越多越反动。 不敢。 我的知识不多。 农民培养我读完了高中，如今我是山沟里的小小的挣工分吃饭的民办教师。 小小的反动。"

"小小的。 我呢？ 大约算是不大不小的。 看来，你是拥护我的喽？"

"正如同你支持我一样。"

"我们走到一起来了。"

"在这阳光灿烂的早晨。"

"是啊，早晨，阳光灿烂。 大自然的阳光灿烂的早晨。我们共和国的阳光灿烂的早晨，也必定不会远了。 梁老师，你不相信吗？"

"我不知道。"

"你看我们脚下这条河。 看到了吗？ 是叫作金马河吧？ 我们从这里看下去，好像是一条披挂着金鳞的跃动着的金龙呢，曲曲折折，往前流淌着。 尽管曲曲折折，总归是往前流淌着的，挡不住呢。 历史也是这样，曲曲折折，总是往前发展的。 挡不住呢。"

梁继娃看到了那被赵中汉形容为跃动的金龙的金马河，也看到了赵中汉凝视着金马河的那双眼睛，那眼睛里是信念和希望，是这个灿烂的早晨的色彩。 他没有说什么，他不知道该说什么，他只觉得自己被鼓动了起来，感到心跳得快了。

"你是金马河边长大的人，你知道这金马河的最大流量是多少吗？ 流量，最大的，最小的。"

怎么突然从那浪漫的云端中落到这现实的土地上了？怎么突然冒出这么一个流量问题来了？

"不知道。"

"又是不知道。 的确是知识不多。 跟我不相上下。"

"你问金马河的流量干什么？"

"它既然从我们这里流过，既然是在我们县的版图上，我们就该知道它的流量。 你看，它在这里拐了个弯，绕过我们脚下这个小山头，又向前流去。 这个小山头叫什么山？ ……啊，对，是叫作望郎山。 如果我们把这个望郎山凿通，就可以把这段河道取直，好处是可以改造出近千亩的河滩好地来。 凿通这望郎山并不难，我用脚步丈量过，一千五百米的样子。 现在的问题，是要弄清楚金马河的最大流量，才好决定这个山洞的高度和宽度。"

梁继娃什么也说不出了。 他觉得自己的心脏好像就是脚下的望郎山，已被身边这位前县委第一书记凿通了，那跃动的金龙样的金马河，正在心中湍急地流淌着。 那流量是多少呢？ 不知道。

十、世纪的同龄人，梁满仓
老汉歇阴凉，白果树村的当代奇观。

那编成了一半的竹席，连同一些已经破好了的竹篾，梁满仓老汉把它们燃烧掉，烧成灰烬！ 他的手不想再作孽了。

不用叫才娃跟自己起五更去拾粪喽。

也不用去给兔子割啥青草喽。 没有兔子，不需要青草。

也不用去扫什么灰土叶子给猪垫圈喽。 圈里没有猪，垫个什么圈？

也不用去操心明娃放过的那几只羊的事情喽。

这座三合院里，除了十二个人以外，有灵性的就是十二只鸡了。 十二只秃尾巴鸡。 这是梁满仓老汉的老伴梁陈氏办的好事。 她认为全是因为尾巴招来了灾引来了祸。 应当割尾巴！ 于是，她在她的针线笸箩里找来把比她小不了多少年岁的大剪子，把十二只鸡一一地剪去了尾巴。 以为如此这般，往后的日子就可以逢凶化吉，免灾去祸了。 全家人，包括很有点唯物思想的青年一代，甚至梁继娃，竟没有一个人对老奶奶的这一行动表示异议，没有反对，也没有嘲讽之类的闲言碎语，都沉默着，沉默不就是赞成吗？ 对那些唯物论者，隐隐约约地，梁陈氏甚至情不自禁地透露出了点胜利者的骄傲，和权威者的架势来。 没有人和她争辩。

秃尾巴鸡们，它们不知道老奶奶的用意，不知道被割去了资本主义尾巴，就成了社会主义之鸡了，就很可以引吭高歌一番了。 它们不知道。 经过那场所谓退赔的动乱，又紧接着被剪去了尾巴，它们有点余惊未消的样子，连下蛋都不敢像往常那样大声地骄傲地"咯嗒嗒"叫了。

房前屋后的泡桐树，不知哪里去了。 没有它们的遮拦，天好像大了许多，宽了许多，空旷了许多。

院里的楸树，还在用它的繁茂的枝叶给小院以阴凉。 通常，梁满仓老汉就是坐在这阴凉下面编席的。 如今，何必坐在这下面呢。

无事可做。 这日子可真够清静的了。

那就到村街上去悠悠转转吧。 内部矛盾嘛，没有什么见不得人的。 在村街上，他碰到了县的领袖孙德旺书记。 孙书记笑眯眯的，态度挺和善，还主动和他打招呼：

"老汉，悠悠呀。"

"是，悠悠。 孙书记，你忙啊。"

"是啊，忙着开会。 该你老汉悠悠了。 操劳一辈子，该歇歇了。 晚年喽，享几年清福吧。 儿孙一大群，还愁你吃喝吗？"

"是，不愁。 我是该悠悠了，歇歇了，享几年清福了。"

"村头那棵大白果树，好大一片阴凉，没事到那儿坐着去，有风，凉快。"

"是，那真是个好地方。 我就想到那儿坐着去。"

"老汉，你那个孙娃，那个梁继娃，喝了点墨水可真了不起呢，可真有点反动性呢。 我交代你吃顿忆苦饭，没吃？"

"吃了，吃了。"老汉慌忙说，没敢把继娃大闹忆苦饭的事情说出来。

"吃了？"

"是，吃了，吃了。 你孙书记交代过后，麻利就吃了。我自己去采的野菜，喝的野菜清水汤。 老伴想放一点糊汤糁，我都没让。"

"我信你，老汉，人是个实诚人。 可你那孙娃呀……"

"那鳖孙娃说了啥不当说的话了吗？ 孙书记，你要念他爹死得早，念我对他没教育好，念他年幼不懂事呀……"梁满仓后悔极了，真不该让这个鳖孙娃讨去了参加对象户家属会的差使。 果不其然，扒了豁子。

孙德旺笑了笑，说：

"各负其责吧。 我们是要按照政策办事的。 没你的事，老汉，你放心。 你去那白果树底下歇阴凉去吧。"

对着孙德旺的后背，老汉点了点头，听从吩咐，他果真朝村头那棵白果树走去了。

同辈的，晚辈的，有谁见过梁满仓如此悠闲自在地歇阴凉的吗？　没有谁见过。　他吧嗒着烟袋，喷吐着云雾，背靠着树干，风轻拂着他的白发和白须。　勤快一生的梁满仓老汉歇阴凉，给白果树添了一景，是白果树村的当代奇观。　这是一片高地，坐在这里可以看到金马河，看到沿河的农田，农田被玉米林覆盖着，可以看到村街的一段。　村街上有寥寥的行人，多是老弱妇孺，还有些运动中的积极分子。

刚才，他在村街上悠时，眼睛原是清澈的，心情像那三合院样的干净、清静。　如今，他坐在白果树下歇凉，那眼睛里升起一层迷惘的雾。　他不知道继娃扒的是什么豁子，他有些放心不下，有点害怕。　这个继娃开完家属会回来，啥事也没说。　该到哪里去打听打听呢？　人家孙书记的话，怕就到此为止了。　问那些个参加家属会的人呢？　也不大敢。　说你搞串联，说你划不清界限，是分辨不清的。　他真后悔，那天清早起他挑选了根朽了的柴火棍，要是挑选根结实的，不说把那娃腿打断，也得打得他几天不能动弹，叫他老老实实趴在床上哼哼，也就没这场叫人担惊受怕的事了。　家属会，家属会，真该叫铁娃去的，这个铁娃响屁都不会放一个啊，这又有啥要紧呢？　只带上耳朵去才好呢。　他不愿去，有啥法？　不管叫谁去也好啊，咋就叫继娃抢去了这份差使？唉，唉……

老汉站起身来，要找继娃问个究竟。　想起那娃上十里坡打柴去了，还未下坡。　就又坐下，继续喷云吐雾。

当天晚黑，喝汤时，老汉挤住了继娃，盘问他在家属会上说了啥反动话。继娃情绪很好，胃口很好，边吃喝边答话："爷，你放心。咱是啥号人？会说反动话？一色的进步话。啥事都没有。咱的尾巴割得干净彻底了，还会有啥事？啥事也没有。你不用操心。"

那娃丢下了碗，截住了只正要上埘的鸡婆，搂在怀里，抚摸着它的后背，嘴里念念有词：

"割了尾巴的鸡婆照样下蛋，弯弯曲曲的金马河照样向东流。爷呀，你放心，啥事都会好起来的。没事，没事。"

一家人都对继娃这种异常的举动，有点惊奇。从进入少年时代以后，就没有见过这娃如此温柔地抱兔搂鸡的了。他是咋了？

"小心着你！你要给我扒豁子，招呼着我的柴火棍！不会是那天早起那一根了。"

爷爷警告着孙娃。可那口气一点不像警告的口气。大约是相信了孙娃的话了吧？

梁满仓在白果树下坐着。前晌和后晌，一天两晌，按时上班。他就那样坐着。由于听信了孙娃的话，两天来，也就是继娃说的，啥事也没有嘛，他眼睛里那一层迷惘的雾逐渐退去了。眼睛又是明澈的，心境又是清净的了。人到了晚年，无事可做，如此孤独地坐在这里歇阴凉，最容易勾起对往事的回忆吧？老汉和二十世纪同龄，七十六岁了。他生在这金马河边，长在这金马河边，七十六个春秋都是在这金马河边的山沟沟沟里过的。 连离此十五里地的卧龙镇，去过的次数也是可数的。 至于离此百里的县城，则只去过两次，那还是在年轻的时候，半个多世纪以前的事啰。 他走得最远的地方是棋盘山，那是在另一个县的县境了，离此总有二百多里地。 所谓两次去县城，只是去棋盘山来回路过那里罢了。 他没有看见过火车，虽然如今说来那已算不得什么现代文明了。 他有幸听到过飞机的嗡嗡声响，待他抬头看时，已找不见了。 公路修通，经过这里，他看到汽车了，甚至还抚摸过它。 拖拉机，当然见过喽；电灯，当然点过喽；电磨，当然领教过喽。 以为梁老汉什么世面也没见过吗？ 那就错了。 七十六岁的梁老汉，他自己有许多值得回忆的事情。各人的一生，自有他自己珍藏的记忆……

啊，金马河！ 老汉记忆中的他儿时的金马河，不是眼前这个样子，那时是可以看到片片帆影的，是可以行船的。 后来，什么时候开始的呢，就再也看不到船帆了。 他头一回到卧龙镇去，是从金马河的水路去的，光着屁股，扒着一条船尾，在镇子上爬上了岸。 然后，又顺着河岸走回到白果树村子里，还用了根柳枝，穿了串各色半大不小的杂鱼。 烧鱼吃，香呢……不能行船了，真可惜。

远处的棋盘山，在层峦叠嶂的群山后面，很远很远。 坐在白果树下是看不见的。 棋盘山在梁满仓老汉的记忆中却是异常鲜明的。 那是他七十六年的生活中唯一的一次远行。

也算得上是他在青年时代的一次英雄行为。 王进财想长生不老呢。 说棋盘山上，张果老和吕洞宾下棋的棋盘石旁，有灵芝草，吃了可以叫人延年益寿，长生不老。 这个地主派长工梁满仓和张老黑二人结伴，去棋盘山上把灵芝草给他采回来。 必须是棋盘石旁的灵芝草，采回来后重重有赏。 两个年轻的长工倒是听说，棋盘山上有天麻，正是小满时节，正是挖天麻的好时候，也就乐意走一趟。 准备了干粮和两双草鞋，他们就上路了。 翻山越岭，登到棋盘山上，还真有块大石板，酷似个棋盘，这大约就是传说中张果老和吕洞宾下棋的棋盘石了吧。 哪里有什么灵芝草呢？ 没有。 只有狗尿苔。 他们一人挖够了一布袋天麻，然后就采了两棵狗尿苔。 两位长工不敬，竟都在仙人下棋的所在屙了泡屎。 他们把那两株狗尿苔炮制了一番，就是蘸了点粪便，在日头下暴晒了一个时辰。 他们就准备用这两棵特制的灵芝草奉献给他们的东家。 他吃了一定会延年益寿长生不老的。 他们回来的路上，在县城把天麻出了手。 回到地主的宅第，果真把这两棵灵芝草奉献给东家了。 王进财喜笑颜开，把玩查看一番，竟未食言，果真每人赏了一两银子。 他吃了特制灵芝草，恶心作呕，上吐下泻，请来县城的名医诊治，一看那另一棵灵芝草，哟，原是棵狗尿苔呀，还有那么一点阿摩尼亚的气味。 这就露了馅，赏的银子追回，每人补赏了二十大板。 那个想要长生不老的地主，好久胃口不佳，那肥胖的脸颊竟稍微消瘦下来。 许多年以后，这两个长工回忆起这次恶作剧来，还是大笑不止。 就是现在，梁满仓老汉独自坐在白果树下，想起这件往事，也挺开心，那眼睛都放出神采来了。

是的，如今只剩下梁满仓独自回忆这件往事了。 张老黑不在了。 他躺在坟墓里已经十六年了。 满仓老汉想，老黑比自己还年幼两岁，身子骨也比自己强壮，还没活到六十上，就死了，他真是饿死的。 你不能说继娃说的不是实情。 "这个鳖孙娃！"他在心里骂了一句，表示他辩不过继娃，不得不暗地里认输了的无可奈何的心情。 老汉眼睛里放出的神采收敛了，退走了，代之以黯然和惶惑，惶惑不解和黯然神伤……

他很想想一点高兴的事情，土改啊，互助组啊（他和老黑是一个互助组），合作社啊（他在合作社担任饲养员，得过奖），那是他的黄金时代。 可是，这种努力总不能把他眼神里的惶惑和黯然撵走……他大声地叹了口气，对着那长流不息的金马河。

十一、劳动人不劳动，
手痒心烦，也是一种习惯势力吧？

他不能老是坐在白果树下歇阴凉。 他不习惯。 在他七十六年的生活史上，没有发生过这类事情，无所事事地面对群山和流水，观赏风景看日落。 他享受不了这种清福。 他的手，他的树皮样粗糙的手，是干活的，不干活怎么能行呢？ 老坐在这里，就要想，就要回忆。 他又从来没想到过要写什么回忆录。 那往事，愉快的、高兴的、甜蜜的，并不多。 没有多少好回忆的。 眼前的生活，他的庄稼人的脑瓜不够使，弄不很懂。 最好的办法，就是不去想它。

他在白果树下坐不住。 这天，他从白果树出发，到田野里去了，到庄稼地里去了。 他走到河边的一块玉米地旁边，看到草长得倒是怪茂盛的。 他圪蹴下来，就用他的手一棵棵地一撮撮地拔草。 各种各样的野草，有些野草，像抓地龙呀什么的，根扎得很深，拔起来好费劲。 他就这样吃力地拔呀拔呀，不知不觉就钻到玉米林里去了。 好闷，好热，像蒸笼一般。 玉米林里面的草，还要茂盛些肥实些，拔起来更要费力些。 他在纹风不透的闷热的玉米林里圪蹴着，拔着草，几乎是一寸一寸地往前挪动。 他肚里咕噜：把地种成个这！真算稀罕。 指望草籽大丰收呀？ 咋能对得起这块地？ 好不容易拔到了头，他钻出了玉米林，衣裤和皮肉黏结在一起，全身都被汗水湿透了。 他坐在地头，吸袋烟，小憩一下。微风吹来，惬意极了，他尝到了他所熟悉和想望的劳动后休息的那种愉快，手也不痒了，心也不烦了，熨帖得很。 磕了磕烟袋锅，他又从另一垄钻进玉米林里去。 从地的那一头，他出来时，肚里又咕噜，这是因为与四肢运动相应，肠胃也加强了运动，他饿了。 他看了看日头，已经正午，回家吃饭去。 饭前，他猛喝水。 他的胃口大开，竟吃了两碗捞面条，使老伴大为惊讶。 老伴问他：

"干啥去了？ 看这身衣裳盐巴巴的。"

他回答：

"能干啥？ 一不偷，二不抢。 找点活路干干，活动活动胳膊腿，散散心。"

碗一丢，吸袋烟，歇了会儿晌，爬起来，找了把菜园里用的短把小锄，就又到那块玉米地里去了。 那块玉米地好大呢，叫作"五亩地"，足足五亩。 几天来，他都是在那块玉米地里度过的，一天三晌，按时上下工，就好像是生产队长派给他的活。

这天，他锄了半晌草，正在玉米地头小憩吸烟，一个调皮的青年后生路过这里，故作吃惊地问他：

"满仓爷呀，你干啥来？"

"你没长眼？ 锄草！"

"队长派你来的？"

"没有。"

"你锄的啥草？"

"啥草？ 玉米地里的草。"

"哎呀，满仓爷，你又犯错误了。"

"啥错误？"

"你知道这是啥草？"

"真问的蹊跷。 玉米地里的草嘛。"

"这是社会主义的草呀。"

"瞎说！ 你个调皮鬼，看我不掌你的那嘴。"

"这不是我说的。 是孙书记说的。"

"孙书记？"

"是呀。 满仓爷，你开会少。 孙书记在大会上不止说过一回：宁要社会主义的草，不要资本主义的苗。 你没听到，你家里人也没回去给你传达传达？"

"真是孙书记说的？"

"嘿！ 我要敢哄你，我是个这！"那调皮家伙用手比画了一个老鳖的形态。

"啊！ 真是孙书记说的？ 那咋办？"

"也没啥好办法。 满仓爷，你从哪儿锄下来的，再给它按到哪儿就是了。"

梁满仓老汉没吭声。

那调皮家伙转过脸去，咬住嘴唇，才没有笑出声来。 他走了。

老汉不吭声。 他伸出一双手，看着，眼神发愣。 对这眼前的世道，他真是越发不懂了。 愣了好久，他艰难地站起来，拖着沉重的脚步回家去了，找了把小靠椅，坐在院里楸树的凉阴里，依旧是发愣。 老伴问他话，他也不吭。 晌午饭时，他问家里的几个孙娃，孙书记是否说过社会主义的草这样的话？ 孙娃们都一一证实，的确说过的，还不止一次。他发了火：

"你们咋也不给我说一声？"

梁继娃答道：

"纯是胡说八道！ 有啥好说嘛。"

梁满仓老汉深深叹了口气，推开了只吃了几口的一碗面条，趔趄着脚步，回自己屋里去了。

他在屋里整闷了一天多，没有出门。

他病了。

十二、"全面专政"的另一侧面一瞥。

一弯新月，把她的清辉洒向人间，也洒向这个动乱的梁满仓老汉的三合院。 院里的楸树的下面，是一幅朦胧的枝叶组成的图案画。 微风吹动树叶，飒飒地响，仿佛在低言细语。 随着微风吹动，那朦胧的图案也在变化着它的画面。在这幅轻微活动着的图案画面上，一个小娃偎依着一个青年。 这个小娃是才娃。 这个青年是继娃。 才娃偎依着他的大伯，缠着他的大伯给他讲故事。 董存瑞的故事已经讲完，才娃还要听，继娃又开始讲黄继光的故事。 这些当代英雄的故事，是继娃儿时听过的，后来，他又看了描述这些英雄事迹的连环画，再后来是书，还甚至看过《董存瑞》这部影片。 这些都是深深感动过他的。 二十余年过去，这些故事，也算是古老的了吧！ 要不近年来怎么不多被人说起了呢？ 作为教师，梁继娃可是常向他的学生讲这些故事的。

讲完黄继光的故事，才娃提问题：

"我大爷也是董存瑞、黄继光这样的英雄吧？"

继娃回答：

"也算是吧。 你大爷也是为人民牺牲的。"

才娃又问：

"大伯，你能做到像董存瑞、黄继光他们那样吗？"

继娃回答：

"我想做到。 做到做不到，可不知道。"

才娃说：

"我可是一定要做到。 大伯，你信不信？"

继娃把才娃的头揽在怀里：

"信，信！ 我们的才娃可是一定能做到！ 一定！"

才娃又问：

"大伯，你说，董存瑞、黄继光他们，我大爷他们，那样勇敢，那样不怕死，是为啥呢？"

"为了人民呀。"

"为了人民的啥呢？"

"为了人民不受压迫，不受剥削。 为了人民过上好生活呀。"

才娃又问："大伯，这个啥工作组是为啥呢？"

"他们是为了……"继娃说到这里顿住了。 和这个小小男娃咋能说得清楚呢。

"他们为啥要把我的兔子也逮走呢？"

"他们为啥……"这个当大伯的，当教师的，叫这个小小男娃难住了。

"他们是啥号人呢？"

"他们是啥号人呢？"继娃沉吟着，重复着才娃提出的问题。

"是不是敌人呢？"

"是不是敌人呢？"继娃沉吟着，重复着才娃提出的问题。

"你说呀，大伯。 你是老师，你啥都知道。"

"我不知道。 才娃，我真不知道。"

"你知道，你知道。 你说呀，大伯。 他们是不是敌人？ 是不是呀？"

梁继娃忽然想起自己在尾巴户家属会上的发言，笑了：

"才娃，不能说他们是敌人。 他们是尾巴。"

"尾巴？"才娃高兴得跳了起来，仿佛他对面也站着一个小娃，他用手指着对面，大声嚷起来："你说我是尾巴？我说你是尾巴！ 你是尾巴！ 你是尾巴！ 尾巴！ 尾巴！ 看看到底谁是尾巴？"

"看你，才娃！ 都快把你老爷吵醒了。"

才娃伸了伸舌头。

"睡吧。 才娃，咱就睡在这树下，看星星。"

透过楸树枝叶的缝隙看星星，明亮的和暗淡的，小的和大的，密集的和稀疏的，高不可攀的星空，神奇的世界……

"星星稠，晒死牛；星星稀，淹死鸡。"才娃咕噜着。

继娃小声唤他：

"才娃！"

才娃回答的是轻微的鼾声。 原来他已睡着了。 正做着关于星空的梦吧？

拉一条被单，盖好才娃的肚子，他也闭上了眼。 朦胧中，听到敲门的声响："咚，咚，咚"，"咚咚，咚咚，咚咚"，"咚咚咚，咚咚咚，咚咚咚"……

梁继娃起来，一边问"谁呀"，一边开门。

手电筒的光束直射着梁继娃的脸，使他看不清来人，却听到声音又严厉又冰冷的问话：

"你是梁继娃吗？"

"是呀。"

"你因现行反革命罪被逮捕了。"话音刚落，就把他铐上了。

梁继娃头脑里轰了一下，随即清醒过来：

"现行反革命罪？ 逮捕？ 我要看看逮捕证。"

在手电筒光下，他看到了那张逮捕证，是盖着县革命委员会公安局的大印的。

"总得叫我穿件衣服吧？"

他光着脊梁，穿了条裤衩。 是需要穿上衣服。

"衣服在哪儿？"其中的一个问。

"就在树下的席子上。"

"我去给你拿。"另一个说。

"请不要惊动那睡着了的小娃。"梁继娃说。 接着，又小声补充一句："他正在做梦。"

解开铐，让他穿上衣裤。 又铐上，就要带他走。

梁继娃又说：

"这门呢？ 总是得闩好呀。 野牲口会跑进来的。 请你们敲东厢房靠北边那个窗子，轻轻地敲，我叔父梁铁在那屋睡觉，叫他起来闩好门。 求你们不要大声，我爷是个病人，卧床好几天了。"

梁铁起来，看见这种景象，愣怔了一下，没吭。 闩好院门，把他的孙娃抱回屋里去了。

太阳刚刚出山，听到锣响："咣！ 咣！ 咣！"人们到村街上看，看见梁继娃被上了铐，胸前挂着一块大牌子，上面写着："现行反革命分子梁继娃"。 梁继娃三个字，照例被打上了大红叉。 只见他被押解着，慢慢地走着，挺着胸膛，眼睛平视出去，嘴角甚至漾出一个嘲弄的笑。

游街游到白果树村东头，梁继娃家的门口。 梁继娃停下了脚步，看站在家门口的亲人。 他向他们说：

"奶，要爷保重身体啊。"

奶含泪点了点头。

"妈，不要紧的，不要紧的。"

妈含泪点了点头。

"才娃，你昨夜梦见星星了吧？"

才娃咬住嘴唇，泪汪汪地望着这个昨天夜晚还给自己讲革命英雄故事的大伯今早却被戴上了现行反革命分子的大牌子。 他不懂。

"秀妹……"

梁继娃强被推着转回身，被押解着走了。 他只来得及回头向梁秀微笑了一下。

早饭后，白果树村的人们被召集到小学校的院子里开大会。 会场上，还郑重其事地横挂了一条褪了色的蓝布，蓝布上贴着用毛笔书写的大字：批判斗争现行反革命分子梁继娃大会。 这就是这个大会的主旨和内容。 主席台上坐着孙德旺书记为首的割尾巴工作队。 没有看到那位在家属会上担任记录的学生模样的女同志。 还有县公安局的干部。 把梁继娃带上来后，县公安局那位干部公布了梁继娃的反革命罪状，共三条：一是，该犯公然攻击社会主义制度，胡编乱造什么"想社会，盼社会，谁知社会惩受罪"；二是，该犯公然攻击以毛主席为首的党中央，攻击无产阶级司令部，恶毒诬蔑说中央委员会里权力很大的人在搞带引号的社会主义；三是，公然诬蔑县委领导同志是尾巴，疯狂破坏伟大的割资本主义尾巴的运动。 据以上三条罪状，该犯实属十恶不赦的现行反革命分子，证据确凿，经县委、县革委批准，予以逮捕法办，云云。

接着是大会批判，这些大会批判发言，都是受命的，无非一些套话，没有什么感情，或是做作出来的过于夸张的虚饰的感情，没有什么好听的。 把这些发言统统省略掉，不叙述了。

轮到了要反革命分子梁继娃坦白交代。 且听他是怎样坦白交代的吧。 他挣扎着，转回身来，面向着坐在台上的人们，大声喊出来：

"我可怜你们——你们这些可怜的尾巴！ 在将来的某一天，你们要后悔的，你们要感到羞耻的，你们对党犯了罪，对人民犯了罪，对历史犯了罪。 历史将证明，有罪的是你们。 不用很久的。 你错了，孙德旺书记，你把权力当成了真理。 这是两个东西。 权力不等于真理。 你肩膀上不是也有个脑袋吗？ 你好好地想一想吧，想一想吧……"

梁继娃这番话，是挣扎着喊出来的。 人们按他的头，捂他的嘴，扭转他的身体……就是在这种情况下，挣扎着喊出来的。 他必定是还有许多话想说，一条毛巾堵住了他的嘴，他什么也说不出来了。 他这番话，在台上，在台下，自然都引起了反应。 那是可以想见的，也不用多余的叙述了。

要把他押解到县里去。 妈妈给他准备了换洗的衣物。他向押解人员提出了一个请求，要随身带一本书去，《马克思恩格斯选集》第三卷。 经过请示孙书记，同意了。 他要妹妹梁秀到他学校的住室里去找，就是有恩格斯著的《社会主义从空想到科学的发展》这篇文章的那一卷。 这篇文章，他还没有读完，还没有读懂。 他在学校里的住室，以及他的家里，当然是都已被查抄过了，并没有发现什么新的"罪证"。 梁秀找来了这本像块砖样厚的大书，塞在他装衣物的包袱里了。

梁继娃被押解走了。 离开了自己的村子，自己的家。梁才娃爬在村头的树上，目送自己的大伯。 他咬住嘴唇。这个小小男娃，你咬住什么呢？ 那被押解的人的背影渐渐远去了……

爬在树上的才娃忽然听到了树下有人哭，像是一个女人的哭声。 他低头看，果然是一个女人，倚着一棵树，泪珠在脸颊上连成了线……

"这不是尾巴组里的那个女的吗？ 她哭什么呢？"才娃不懂。

十三、革命烈士的妻子，
现行反革命分子的母亲。
弄不清楚这是一分为二，还是合二而一。

梁木的妻子，梁继娃的母亲，梁张氏，如今有了双重身份：革命烈士的妻子；现行反革命分子的母亲。 又是烈属，又是反属，集于她的一身。

可是，梁张氏首先是一个人，是一个独立的人。 她有她的血肉之躯。 她有她的思想感情。 她有她的生活教给她的爱和憎。 在新旧社会交替之际，她从一个农村少女变成了一个年轻庄稼汉的妻子。 她衣衫褴褛。 她的少妇的脸颊不是红润的，呈现出饥饿的菜色。 可她还是美丽的。 她没有文化。 她的眼睛还是透露出聪慧。 她先是裹足，后来放脚，成了解放脚，这是时代留给她的痕迹。 可她照样挑水、担粪，一切天足妇女能干的活路，她也能干。 她是勤劳的。 她什么嫁妆也没有，她是贫穷的。 可是她的爱情却非常富有。 她把她的中国农村少女的像山野一样朴素的、毫不矫饰的、富有的爱情，全都献给她新婚的丈夫了。 丈夫也以他的庄稼汉的粗野的方式，给妻子的爱情以报答。 他们当然生活得很幸福。 翻身解放的日子，给他们这种幸福涂抹上热烈的、浓重的浪漫主义色彩。 不仅是幸福，而且有奔头。 这生活过起来，真叫人有心劲。 解放军某部路过这一带山区，文工团曾在卧龙镇上演出过歌剧《白毛女》。 那是个飘雪的冬夜。 这对年轻夫妻冒雪跑了十五里山路，去看演出。 他们一起看，一起流泪，一起泣不成声。

为了解救千千万万个白毛女，为了解放全中国，她和四十年代末期千千万万个中国农村少妇一样，虽然难舍难分，还是毅然送夫参军。 她是那浩浩荡荡的伟大的中国农村少妇队伍中毫不逊色的一个。

她在户口登记册上的名字，叫作张妮。 张妮送梁木参军走时，已经有了身孕。 她送戴着大红花的丈夫，送到金马河边。 她站在河边，看丈夫过了河，看丈夫在山的弯路回过头来，然后消失了身影。 那是她最后看见的丈夫的身影。 先是盼来了一张立功喜报。 过后很久，就寄回来了一张牺牲通知书。 她当然哭了，但没有号啕。 娃子诞生，就没有了爹。 她给这男娃起个名字叫作继娃，那意思是很清楚的。

20世纪70年代与女儿在豫西乡村

2011 年，在台湾阿里山

20世纪50年代初,初入河南省文联时的南丁

1960年,因右派问题在新县浒湾钨矿劳动改造。这是在抡锤打钎凿炮眼(左一)

20世纪70年代,在西峡县蛇尾公社小水大队夏营村插队落户

20世纪60年代,在郑州经七路34号院

1956年春的南丁

20 世纪 80 年代，与苏金伞等在鸿沟采风

1981 年与华山（右一）在广州华南植物园

1986年，与马烽、孙谦、王立道在第二届黄河笔会上

2010年，与铁凝在中原作家群高层论坛

2012 年在北京，三代人在一起

那时候，条件差，娃他爹连一张照片也没留下。可是，那面容，那身影，是刻在她心上的。后来，那面容，那身影，得到了再现。娃长得竟这样像他的爹。作为烈士的妻子，她受到村里人的尊重。她自己也感到自豪。年轻守寡，曾有人劝她改嫁。五十年代初，贯彻婚姻法，寡妇改嫁是天经地义的事，是反封建的一种表现，是一股潮流。可是，她没有改嫁。她觉得她不是孤独的。她生活的这个家庭，公婆、兄弟、妯娌，对她都好。她把爱倾注到娃子身上。她也一样享到了爱的欢乐。这就够了。也许，她还有一点封建思想吧？岁月就这样过去，娃一天天长大，出落成一个有知识有文化的人，这是她的慰藉。近年来，她操心的是娃的婚事。娃总不急，他总是说这要由他自己来找，还没有找到中意的。可是，如今，祸从天降，娃成了反革命，挨批挨斗，叫抓走了。她当然哭了，但没有号啕。她虽然聪慧，也不懂这是咋回事。她不懂。这世道这样的颠倒，真叫人难懂啊。如今，她在这世界上最亲近的两个亲人，一个在坟墓里，一个在监牢里。这家庭虽然对她温暖，她也感到孤独了。做事她照样做，但表情木然，没有精神。夜晚，她躺在床上，或辗转反侧，不能成眠；或一入睡就被噩梦缠绕。她看见她的婆母在毛主席像前烧了炷香，她知道那是这位老奶奶祈求毛主席这位神灵保佑孙娃平安的。她在翻身的日子接受了一点无神论的思想，她并不相信烧香拜神真会有什么灵验。但她也不阻止她的婆母。她在酝酿一个行动，一次远行的计划。 这计划逐渐成熟：她要到县城去探监，看望她的娃。 她要找县里管事的人问个明白，她娃到底犯了啥滔天大罪？ 会判啥刑？ 她要到很远很远的南方一个小城去，她的丈夫，娃他爹就是解放那个小城时牺牲的，埋在那个小城的烈士陵园里了。 她从未去过。 多少年来多次想去，终未成行。 这次，她下决心要去了，去上坟，向丈夫倾诉一下这多年来的生活，和眼前的境况。 她想和丈夫谈心，想听听他的主意。 她要去县里、地区里和省里告状。 她娃，她的这样好的娃，娃他爹还是个革命烈士，他咋就成了反革命？在县里、地区里和省告不赢，就上北京告。 总有说理的地方吧？

她把她的计划先是向她的婆母透露了。 七十岁的梁陈氏，只止于同情，觉得这事玄乎，难以办到。 像天边一样远的南方，像天边一样远的北京，就凭媳妇那双解放脚，能够走到吗？ 可怜又从来没出过远门，说不定半道上就迷了路，连家也摸不回来了。

她的决心已下，又把她的计划向全家公布了。 有赞成的，有劝阻的。

梁俭赞成：

"该告！ 告到北京！ 啥县里、地区里、省里，干脆省了这几道汤，要告就告到北京！ 咱哥哪条够反革命？ 连这个啥割尾巴一起告！ 问问北京，中央到底有没有这个割尾巴的政策？ 这政策是谁发明的？"

梁秀赞成：

"俺大娘是该去看看咱哥。 我陪你去。"

梁才娃赞成：

"我也陪大奶去看俺伯。"

梁勤提出问题：

"这么远的路程，搭火车搭汽车的票钱，路上的伙食钱，咱上哪凑这么多盘缠呀？ 割了尾巴，咱没啥卖。 只剩下了鸡屁股银行，那能值几个钱？ 也没有粮票呀。 这事只能想，不能办。 无钱无粮票，寸步难行啊。"

梁铁不吭，点头同意梁勤提出的真是个不能解决的难题。 他用忧虑的眼睛望着嫂子。

赞成者也不吭了，想不出啥解决这个难题的好主意来。

她去征求卧病在床的公爹的主意。 梁满仓老汉听完后，老泪纵横：

"都怪你爹我呀。 我千不该万不该叫继娃去参加那个家属会呀。 我该死呀。"

过一阵，这老汉又说，反反复复，就是这么一段话。

她的决心已下。 她自有解决梁勤提出的难题的办法。 她在整理她的行装了。 一年四季的衣裳，连棉衣也带上，打成了包袱。 纸头已经发黄的她丈夫的立功喜报和光荣牺牲通知书，也都叠得整齐，放在这包袱里。 她还准备了个篮子。 她向婆母说：

"权当我出门去要一年饭吧。"

她向兄弟媳妇说：

"你在家照应好爹和妈吧。 爹病倒在床，我不该出门的。 我不去办这三件事，憋闷得慌，怕也要憋闷得病倒了。"

这天，夜色未退的朦胧中，她背上包袱，挎上篮子，谁也没惊动，悄悄地走了。 她过了金马河，在那个山的弯路处，停下了脚步，站了很久。 那是她的丈夫回头看她的地方，是她最后看到她丈夫身影的地方……

天亮时，人们发觉她已走了。 卧床的梁满仓老汉要梁铁去追她，并且从枕头底下翻出了一个小布包交给梁铁，里面是老两口的体己钱：八元三角一分钱。 还有四两一张的十几张本省粮票，是断续管干部饭积攒下的。 老汉要梁铁劝嫂嫂回家来。 劝不动，就把这个小布包交给嫂嫂。

梁陈氏又在毛主席像前烧了炷香。 这是祈求神灵保佑儿媳妇一路平安的。

十四、死无葬身之木，梁满仓老汉的无产阶级的纯洁的灵魂，必定可以在上天得到安息了。

梁满仓老汉卧病在床，已经有些时日了。 是什么病，很难说得清楚。 据大队卫生室的中医看，说是脉象弱，心血不足。 开了几剂壮心血的中草药。 据公社卫生院的西医看，说是感冒引起肺气肿。 开了一点西药。 病人并不认真对待医生们的诊断，也不重视他们开的这些中草药和西药。 他自己知道，他这一灯油快熬干了，他这盏灯快灭了，应当离开这个人世间了。 该走喽！ 任什么药物都是留不住那走向另一个世界的脚步的。 他常不按时吃药，有时甚至把那几味中草药熬成的苦汤偷偷地吐了。 老伴给他做病号饭，白面糊、汤挂面、鸡蛋茶，他吃不进。 他日渐瘦弱。

他睁着眼睛，望着屋顶。 椽子与椽子之间，蜘蛛正在忙碌着结一个网。 他睁着眼睛，望着那只忙碌的蜘蛛，望着那正在结着的网。 他睁着眼睛，望着那已结成的网，和几只长腿蚊子正在那网上做徒劳的挣扎。 他睁着眼睛，望着屋顶。一只老鼠正在梁上迅疾地穿行。 好壮实的一只老鼠！ 它倒吃得油光水滑。 这个不劳而获的家伙！ 这个地主！ 他睁着眼睛，什么也不看。 储存在这个老汉大脑里记忆仓库里的种种信息，都变成了他儿时看过的拉洋片似的一幅幅画面。 有些是单幅画面，一个场景，一个片段；有些是几幅画面，组成一个生活故事。 有些画面褪色了，发黄了，模模糊糊，朦朦胧胧；有些呢，却异常清晰。

人家的磨道里，四面透风，钻进来冰冷的雪花……墙旮旯儿，麦草上铺着一床紫花布的单子，被子也是紫花布的，嫌单薄了些，一对年轻夫妻钻在被子里，互相搂抱着，互相给予体温……他的新婚之夜……那是他第一次接触一个女人的躯体，温暖而芳香……半个多世纪过去，怎么还仿佛能感到那温暖，闻到那芳香呢？ ……真怪！ ……

生儿育女，生儿育女，呱呱坠地，呱呱坠地，一个挨一个，一个挨一个，男的女的，男的女的，共是十个！ ……饥饿，男娃的哭声……疾病，女娃的眼泪……一具具冰冷的小尸体，芦席卷着，掩埋在土里。 赤条条地来，赤条条地去……

吊大的葫芦把不歪，苦大的娃子不生灾。 真是这样吗？木娃苦大了，铁娃苦大了，还有一个女娃，木娃和铁娃的妹妹竹女，也苦大了……这个竹女一手的好针线活……她，这个机灵的竹女，这个可怜的竹女啊，苦到三十出头的年岁，也不在了……是哪一年不在的？ 和老黑同一年吧？ 六〇年吧？ 这个六〇年！ ……如今只剩下了铁娃！ 铁娃那紧闭着的嘴……那嘴上挂了把铁锁……那把铁锁生了锈……

一个光屁股男娃，在学走路，趔趄着脚步，晃悠着身体，像个小醉汉……哈，摔倒了，摔了个嘴啃泥，鼻子都摔流血了。 爷拉他，他不让，偏要自己爬起来；爷抱他，他不依，用手背抹了抹鼻子流的血，继续趔趄着，晃悠着，……这个继娃，从小就这么犟。 这头小犟驴！ 唉、唉！ 这头小犟驴，你如今犟到……

棋盘石旁的两泡粪便……

带有一点阿摩尼亚气味的"灵芝草"……

"上吐下泻！"

"长生不老！"

"嗬嗬嗬……"

"哈哈哈……"

声音从水打磨的磨屋里传出来，震荡着夜的金马河河谷……

"嗬嗬嗬……"

"哈哈哈……"

声音从年轻庄稼汉健壮厚实的胸膛里传出来，金石之声，铿锵作响……

"嗬嗬嗬，嗬嗬嗬……"一个弯着腰，叫着，"娘吔！嗬嗬嗬……"

"……"

"哈哈哈，哈哈哈……"一个捂着肚子，喊着，"妈呀！哈哈哈……"

他们止不住笑。向娘向妈求救，也止不住……

坟。新坟。孤寂的坟。他步履蹒跚地来到坟前。他在坟前种了棵小树。小柏树，孤寂的小柏树。细雨霏霏。他喃喃着："老黑兄弟，老黑兄弟……"他的眼睛，也像这天气，细雨霏霏，细雨霏霏……

　……………

这天下了暴雨。暴雨三场。闪电雷鸣。梁满仓老汉心中一阵绞痛。他仿佛看到那个在闪电雷鸣暴雨如注中赶路的继娃的妈，在艰难地移动着脚步……

雨过天晴。太阳出来。天空又是瓦蓝的、明亮的了。

他精神陡地感到特别好，午饭时，竟喝了一小碗汤挂面。 他坚持要求到檐下去坐坐，看看太阳，看看天空。 他坐在檐下一张大靠椅上，看见蓝天上有无数颗金星在飞，在舞，在闪，在跳……他闭了好一会儿眼，再睁开，那无数颗飞舞闪跳的金星消失了，他看见了一尘不染的如洗的蓝天，干净、明亮。 他觉得他的心也像这蓝天，干净、明亮。 他略微有点高兴，脸上的核桃纹间，甚至绽开了笑容……一片乌云升起。 不是升起在天空，是升起在他的心头。 那绽开的笑容退走了。 脸上是惆怅的颜色，就像一片乌云。 他向坐在他身边的老伴说：

"我这一辈子，没做过啥亏心事：只一件事亏心！ 不该叫继娃去参加啥家属会呀……我对不起木娃。 对不起继娃，对不起张妮，对不起他娘儿母子呀，对不起呀……"他说着，"呜呜呜"地哭出声来。

老伴搀扶他回屋，又卧倒在床上了。

这天夜晚，他让老伴点亮了一盏梓油灯，把全家人都叫到他身边来。 他断断续续地讲着他的遗嘱：

"不要给我做老衣。"

"不要塌窟窿找木头给我打枋子。"

"咳咳咳……"

"咱原来是无产阶级。 赤条条地来，还赤条条地去，还是无产阶级。"

"咳咳咳……"

"不要叫我到了阴曹地府，还叫人家割尾巴。 咱尾巴割过了。 咱没有尾巴。"

"咳咳咳……"

"都得听我这一回话。 谁不听我的话，叫我在阴曹里不得安生，谁也不得安生。"

"咳咳咳……"

"不听我的话，我不闭眼。"

"咳咳咳……"

"把我埋得离老黑近点。 冷清时，也好拍拍话。"

"咳咳咳……"

第二天的前晌，他精神又略微好起来，又坚持到檐下去坐坐，看看太阳，看看天空。 他坐在檐下一张大靠椅上。天空还是那样晶莹而明亮啊。 他坐着，无声地凝视着晶莹而明亮的天空。

老伴给他端来了碗鸡蛋茶。 叫他，他不应。 递到他手上，他不接。 喂他，他不张口。 老伴摸摸他的嘴，没了气；摸摸他的手，僵硬而冰冷。 眼睛还是睁着的，依旧无声地凝视着晶莹而明亮的天空。 眼角的深深的皱纹里，各藏着一滴泪，也是晶莹而明亮的。

老伴用手掌轻轻地温柔地抚摸着他的上眼皮，轻轻地温柔地呼唤着：

"木娃他爹，闭上眼吧！ 都听你的话。 继娃他爷，闭上眼吧！ 都听你的话。 啊，闭上眼吧，娃他爹！ ……"

一切都照他的遗嘱做了。

梁满仓老汉的无产阶级的纯洁的灵魂，必定可以在上天得到安息了。

十五、光明的尾巴

之一

应当感谢常青的生活之树，是它给我们这篇小说提供了一条光明的尾巴。 谁给了作家割尾巴的权利了吗？ 没有。其实，我们当然乐得把这条光明的尾巴呈献给读者，我们是乐于尽按现实主义办事的义务的。

通常的情况，评论家是不大喜欢一篇小说有一条光明的尾巴的。 黑暗就是黑暗，悲剧就是悲剧，干吗要来一条光明的、喜剧的尾巴呢？ 可是，社会主义现实生活的发展告诉我们，黑暗转化为光明，悲剧转化为喜剧，也是一种：通常的情况。

幸而姚文元这样的"评论家"倒台了。 否则，这篇小说暂时还长不出这样一条尾巴来呢。

之二

山坡上，连翘花开了，黄灿灿的，是太阳的颜色。

河岸上，桐子花开了，像是弥漫着乳白浅灰色的雾。 金马河的流水，清澈碧透，映着湛蓝的天空，和湛蓝天空上飘浮着的朵朵白云。

麦田，由嫩黄，而浅绿，而深绿，向人们传递着春天确实已经到来的信息。 是一九七九的春天。 二十世纪七十年代最后一个年头的春天。

鸟类的繁多的家族，在枝头，在天上，在檐下，在花间，在草丛，在一切它们喜欢的地方，舒展着翅，唱着它们的歌。

水电站也唱着歌。 拖拉机也唱着歌。 它们是春天大合唱里的男低音。

春风女神在漫步。 在金马河潺溪流响的涟漪上面，在女娃们微微拂动的黑发上面，在山林的絮絮低语声中，都可以看见她婀娜的身姿，感到她温柔的性格。

真不坏！ 白果树村的媚人的春天的图画。

我们没有来得及描写，只简单提及的梁俭与吴菊间的爱情之花，也在这个春天开放了。 那梁俭，有时竟情不自禁地把那支他常常哼着的爱情小曲的歌词唱了出来。 当然是独自的，小声的。 歌词如下：

　　鸡蛋没有鸭蛋光，

　　男孩没有女孩香，

　　三月清明亲个嘴，

　　九月重阳还在香。

　　妹哟，

好比蜂蜜蘸洋糖。

之三

梁满仓老汉的坟的周围，这里，那里，生长着一些紫色的花，不知道为什么叫作头痛花，其实是一种可作为大泻用的野生药材。

梁继娃侧着身子靠在爷爷的坟上，嘴里含着一根节节草，眼睛望着远方的蓝天。蓝天被青山遮断。

这位低级知识分子，恢复自由已经有两年了。他依旧在小学校里，当他的五年级一班班主任。

他出狱后，前年，去年，清明时节，都曾到他爷爷的坟前来。没有花圈，没有眼泪。就是这样地靠在坟上，嘴里含着根草，眼睛望着蓝天。他是在向躺在地下长眠的与世纪同岁的老人倾诉。他告诉爷爷，光明已经驱赶了黑暗。劳动又被戴上了光荣的花环。付出了什么代价呢？很大！很多！反正，这场战争总算打赢了。社会主义的光明的中国胜利了。封建法西斯主义的黑暗的中国，被撕下了假社会主义的面纱，被埋葬了。我们的党，我们的人民，掩埋好牺牲者的尸体，擦干净身上的血迹，重新整理了自己的队伍，向着繁荣富强的伟大进军，起步了。

梁继娃回想了爷爷的一生，就他所了解的，这位老人的美德和缺陷。酝酿了两年，逐步清楚明确了。他提炼成了两句话，是孙子题给爷爷的墓志铭：

我但愿你的勤俭品德永存！
我但愿你的愚昧精神速朽！

他信手拈来一朵头痛花。 他凝视这朵紫色的花，引起一种奇怪的联想：但愿我们吃下这朵头痛花，把我们的愚昧一股脑儿泻掉，泻干净！ 这样，我们就不会受那些假马克思主义的骗子的骗了。 但随即，他暗暗地笑了：要是这样简便容易，那么，这头痛花岂不就成了国宝吗？ 不会的。 没有的事。 没有这样的灵丹妙药啊……

他把那朵花抛了出去。 刹那间，在清新明净的空气中，出现一条紫色的抛物线。

之四

生产队的保管室里，电灯明晃晃的。 明晃晃的电灯，被弥漫的烟雾包围着，那是许多烟袋锅和男人们的嘴制造出来的，惹得妇女们连咳嗽带日骂。 可是，烟雾照样弥漫。

一位年过半百的庄稼人，正在讲话，很兴奋，手舞足蹈，唾沫四溅，周围的人们必定是享受到了那唾沫星子的辐射了。 他在讲些什么呢？ 他是在传达县委召开的四级干部会议的精神。 什么精神？ 就是党的三中全会的精神。 还有中央关于发展农业的两个文件。 四级干部会议，结合实际，狠批了林彪、"四人帮"的极左路线。 实际？ 身受其害的农民，对这个实际可是熟识得很呢。 听的人来劲，眼睛闪着亮，看到了希望，看到了光明。 讲的人有劲，他的五脏六腑好比一部机器，那个精神好像把火，把他的这部机器点燃发动起来了，脖子头脸都被点燃发动得发红冒气。

这位演说家是谁呀？ 他呀，原来是梁铁！ 这个成年也不放个响屁的，只知道在地里死受的没成色货，他的案子也得到了平反昭雪，又回到党的队伍里来了。 社员们相中了他，又选他当队长。 于是，经过思想斗争，他又出山，又在队里当家理事，又为人民服务了。 嘿！ 必定是多少年来沤在肚里没沤烂的话，都挤着想通过声带出来透透空气，他的话像树叶子那样稠，像金马河的流水那样滔滔不绝呢。

讨论时，有人跟复出的生产队长开玩笑，说是不敢发言，怕得罪了他，不是"得罪队长派重活"吗？

梁铁听后，哈哈大笑着说：

"这时候不是那时候。 那时候是民主少了一点，这时候是民主多了一点。 我这个小小队长，不领着咱好好干四化，为人民服不好务，随时罢免，心甘情愿。"

之五

喜鹊般的梁秀，要哥梁继娃请吃糖。 家里的人也都用异样的眼睛看着他，把个梁继娃弄得莫名其妙。 原来是有人给他一封信，已被妹妹拆开，显然也已向这个家庭的有关人士宣读过了。 下面是信的全文，可真够长的了：

继娃同志：

你当然意想不到会接到这封信，你当然也意想不到是谁给你写这封信。你曾经预料过许多种后果，这一种后果，却是你没有料到的。可是，它还是来了！如同一个不速之客。

我不知道，面对这种后果，你是张开双臂欢迎呢？还是紧闭住你的门户，拒这个不速之客于千里之外呢？这当然是我关心的，我担心的。所以，也就是这封信迟误了两年之久的原因了。

迟误了两年，全怪我。

"窈窕淑女，君子好逑"，真是由来已久了。这种传统观念，岂不也是一个禁区？我试图冲破它。勇气和力量，积蓄了两年，今天才有了。还不知道是否足够？试试看吧。但愿万物复苏的春天帮助我。

讲一下我自己吧。

我们甚至没有说过话，更不用说相处了。你当然不会认识我。但是，我们相见过的，那是在你们的村子里，在你们的小学校的那间教室里。那真是一种特殊的场合，我是割尾巴工作队的队员，你是尾巴户的家属。你给工作队长讲的那一课，是我异常完整地记录下来的。那便是你的"罪状"。你想起来了吧？我这个人，你是作为憎恨的对象保存在你的记忆里了吧？或是，早已经遗忘？

我是不能忘记的。那印象清晰，经过岁月的冲刷，愈益鲜明。我当时，真怕你说那种不合时宜的话；真想听你说那种老老实实的话。我就是怀着这种矛盾的心理听和记。记是工作队长交给我的任务。我呢？则是怀着另一种心情，我是把我听到的人民的声音、历史的声音，庄严地记录下来的。多么好的一首政治抒情诗呵！我当时就在心里这样赞叹。你知道，"责任大于任何后果"这几个字，曾经怎样强烈地震撼过我吗？

那以后，接踵而至的就是游斗了。你当然不会看见我。我是在人丛里，在人丛里看着你，怀着一种敬佩之情看着你那高昂着的头颅。随后，随后你走了，你被押解着离开自己的村子、自己的亲人。你当然不会看见我。我是在树丛里，在树丛里看着你，怀着一种愧悔之情看着你那逐渐远去的背影。我愧对于你，我后悔没有及时打断你在教室里说的那些话，以至……但我又坚信你的话，你曾好几次向工作队长宣布过的："历史将证明，有罪的是你们。不用很久的。"默默送别你之后，那天，我在树丛里待了很久，心情纷乱，还流了眼泪。我当时，也不理解这眼泪是为什么流的。你现在，能理解吗？

我也是一个不善于隐讳的人，什么都要溢于言表的。和工作队长发生了一场激烈的争论之后，被斥为同情"新生的反革命分子"，理所当然地被清除出了割尾巴工作队，理所当然地被送回县"停职反省"。真是光荣之至！

离你近了。我当时真想他们能把我也送到你在那里的牢房里去。可是,比起你来,我也只配享受"停职反省"这份光荣罢了。但毕竟是离你近了。

我们相信光明之将至,但没想到会来得这样快。太阳出来了,天上地下都照遍,把"四人帮"丑类照得原形毕露。能够救中国的科学社会主义的光芒四射的太阳,终于把乌云驱散。

"既然痛苦是快乐的源泉,那又何必为痛苦而悲伤?"

你当然知道,这是歌德的诗句。

你当然又知道,这是马克思欣赏的诗句。

可是,我还是要向你讲一讲我的痛苦。我没有兄弟,没有姐妹,我是爸爸和妈妈的独生女。爸爸是一个工程师,懂得洋文的。据说,懂得洋文就是洋奴。于是,被挂上洋奴的黑牌子,整天挑着一担洋书,在工厂区游斗,还要自己骂自己。这个知识分子的脆弱的神经,必定承受不了如此的屈辱,他竟抛弃了妻女,"自绝于人民"了。那时,我刚刚进入初中,幼小的心灵上被刻下了第一道伤痕。孤女寡母,相依为命。妈妈是一个内科医生,很懂得心脏病学的。她自己就是个心脏病患者。爸爸的事件之后,她的病历上就被填写上了心绞痛。时常发作。

我们总算熬过来了。我这样的人,在学校里,参加政治活动的权利不多的。那就尽自己所能地啃书本吧。初中毕业,下乡四年,也算幸运,贫下中农硬是推荐我又上了学,当然是人们都不乐意上的中等农业专科学校。毕业后,就被分配到这个边远山区县的农业局来,还没上班,就被抽来参加什么割尾巴工作队……

妈妈,我的好妈妈,在爸爸的事情得到昭雪之时,她的心脏竟承受不了这大的兴奋,追随爸爸去了。这是在去年的秋天。从那以后,我就真正成了孤苦伶仃、孑然一身了……不说吧,不说吧,既然欢乐已经来临,何必总是回顾痛苦?

冬去春来,冬去春来,冬去春来,春天又来了。这是我在你们的村子里看见你之后的第三个春天了。这是粉碎"四人帮"之后的第三个春天了。我在农业局的工作是很愉快的。的确是的,很愉快的。常常跑下乡去,和人民在一起,愉快得很。今年春天,就更加愉快。向社会主义现代化进军的号角已经吹响!党中央对农业如此重视,我这个农业工作者,就感到了肩上压着担子那种任重道远的愉快。那种有用武之地的愉快,那种想要施展一下身手的愉快,那种有机会为祖国四化献身的愉快。这是一种大愉快!不是什么轻松愉快之类可以比拟和代替的。

可是,为什么,总像是有一头小鹿在撞击着我的胸怀呢?每当夜深人静时,却总有一个声音在我耳畔回响,总有一个面影在我眼前显现呢?这个声音,这个面影,为什么总是把我扰得不得安宁呢?我陷于思念之苦了。有趣的是,那个被我思念的人,并不认识我。那么,我等待什么呢？能够等待到什么呢？于是，我就不再等待。羽毛已经丰满的自由的小鸟，她自己要去寻找一个窝了。美丽的白果树村，真好。

听到过一种传说，说是姑娘们相对象有几个条件，叫作什么：缝纫机要带锁边儿的，收音机要带照片儿的，自行车要带冒烟儿的，手表要带日月儿的。流传的还有其他一些，大体类似。都是讽刺恋爱婚姻问题上的商品化倾向的，讽刺姑娘们的资产阶级思想的。都是如此，我就不信。一概而论，未必公平。

我说得太多了，而且又不够含蓄。据说，这对一个姑娘来说，是不好的，是会被人讥笑为不知害羞的。那么，我赶快学乖，不说了。

五天之后，我有机会出差到你们那个公社去检查春耕生产。我会到白果树村来看望你，给你带来你在一九七六年夏天发表的那首政治抒情诗，我很用心地把它抄在我的日记本上了。那时，再让我们面对着面。

如果，我这封信不合时宜，或者因为其他原因而打扰了你，引起你的不快，那就请责怪我的不善于隐讳这个缺点吧。女孩子，竟也有鲁莽的。

祝你为我们神圣的农业现代化事业培养出更多的人才！

章慧

一九七九年四月七日

这真是没有料到的后果！

这样的撩拨人的心弦的甜果啊！

信纸倒是普通的。 字体就算是有些秀丽吧。 这有什么要紧呢？ 在梁继娃看来，都变成了一对姑娘的眼睛。 这对带着矛盾神情的眼睛，梁继娃并没有遗忘。 他当时不理解，现在理解了。 姑娘自己打开了心灵的窗子，从窗子望进去，竟还有这么丰富的感情色彩的东西啊！ 第一次看到，叫人感到窒息。 人在幸福至极时，会有这种窒息之感。 他想赶快从这种窒息中解脱出来，他想要思索。 可是，这位不算脆弱的梁继娃，竟一时失去解脱和思索的力量。

继娃的妈妈，听到侄女梁秀宣读过这封信后，对知识分子这种啰里啰唆表达感情的方式，并不赞赏。 但是，意思是懂得的，觉得这个有可能要过门来的儿媳妇，还是很好的。 她希望事情能够顺利成功。 她对这个女娃的身世深表同情，她在心里暗下决心，虽说是媳妇，可一定要像亲闺女样的待承人家。 没爹没娘没哥没弟没姐没妹，多可怜人的女娃家。

梁陈氏把她从鸡屁股银行积攒的体己，拿出了相当一部分，拧着小脚拧到代销点，亲自给未来的孙媳妇扯了一身衣料。 布衫料是平布细花的，裤料是灰斜纹布的。 买这两块料，老奶奶费过一点心思，经过一番谋算，想来她城里的女娃家也会喜欢的。

婶子、弟媳、妹妹，都围在缝纫机前，裁的裁，轧的轧，正在给梁继娃赶做一身新衣裳。 这个梁继娃，没法说，还算是一个老师，连一身见面的衣裳都没有。 邋遢惯了哟。

都在等待那个叫作章慧的城里的当干部的女娃的光临。鸡呀兔呀猪呀羊呀，也凑热闹，"哼哼""咩咩""咯咯"地叫个不停，像是在反复地练习一支欢迎曲。

万物生长啊，万物生长！ 绿树，红花，庄稼，真理，善良，美好，科学，民主，理想，爱情……

白果树村的一九七九年的春色，还真有那么一点媚人呢！

一九七九——一九八〇　郑州—上海

一、在没有花栎树的花栎山上，
他种了一棵小花栎树。

从远处看，影影绰绰，一座褐色的秃山头，夹在绿色的群山之中，很是显眼。 走近了看，简直是一片废墟，成百个小土炉的残骸，错乱地纷陈在蓝天之下。 在绿山之中，这个由小土炉的残骸组成的褐色的秃山头，在色调上，不谐调，在形体上，别扭！ 在山头上，在一座小土炉的残骸的旁边，在一棵粗的花栎树墩上，坐着一个穿灰色干部服的中年人。他手里拿着一棵新枝。 新枝上有鹅黄嫩绿相间的毛茸茸的小叶子。 这是从他坐的树墩上新抽出来的。 他把它折了下来。 他抚摸着它，观赏着它，很久很久。 先是春日清晨的绚丽朝霞给他涂抹上五彩斑斓的颜色，现在是朝阳照耀着他了。 在明亮的阳光下，可以看到那棵新枝上的细密的晨露。这位中年人，他的鬓发竟是斑白的了。 额头宽，那上面刻着几道粗粗的皱纹。 眼角上，各一滴水。 那也是春日清晨的露珠吗？

他把那棵新枝插在上衣的口袋里。 他用手背抹了抹眼角上的那两滴水。 他站起来，在废墟间行，时而下坡，时而上坡，时而前行，时而后退，时而在一座小土炉的残骸前站定。 他徘徊着，仿佛在追忆着什么；他彷徨着，好像在寻觅着什么。 他的脚步慢悠悠，一种散步的轻松而消闲的调子。他的心情呢，从心之窗眼睛窥探进去，好像是既不轻松也不消闲，他在一座炭窑的废墟前站立得特别久。 他稍稍弯下腰，前倾着身子，侧着头，窥探着这座废弃了的炭窑内部的情况。 阳光照射不到这里面，黑洞洞的，他什么也看不见。他继续他的清晨漫步。 他把右手握成拳头，轻轻敲击着他自己的右太阳穴。

在他的眼前，这片死寂的废墟活了起来：升腾的烟雾，烛天的火光，在各种颜色纸上写的标语，鼎沸的人声，上百个小土炉吞着成万棵树，咀嚼着，然后吐出来，轰轰烈烈，轰轰烈烈……

他把拳起的五指伸开，用手掌捂着自己已经紧闭住的双眼，不愿意看到这轰轰烈烈的景象。 但这景象分明是储存在他大脑里的记忆仓库里的。 闭上眼，再捂住，也无济于事，还是要看见的。

他睁开眼，放眼向四周的绿色群山望去，好像受到了什么启示，他把插在上衣口袋里的那棵新枝抽了出来，他蹲下身子，把那棵新枝轻轻地放在地上，他找来两块有锋刃的尖利的石头，用石头也用手指刨了个小坑，他把那棵新枝种植在这个小坑里了。 他想干什么呢？ 是期望这棵新枝长成参天大树吗？ 难道他会不知道花栎树插枝是不能成活的吗？ 或者，他是想借这个动作，驱赶走他不愿意看到的那轰轰烈烈的景象吧？

他下山了，还不时回头，看他方才种植的那棵小树。

在山下，他碰到一个后生娃。 这娃一个肩膀上扛着把铁锨，另一个肩膀上扛着块有根木棍做支撑的木牌，脚步富有弹性，几乎是跳跃着来到花栎山脚下，正好在他下到山脚下的那条小径口停住。 于是，他们就面对着面地相逢了。 他紧走几步，让开了路，他原以为这后生娃要上山的。 那娃笑了笑，表示感谢。 人却停在那里了。

"你同志叔，一大早就上山参观啊？ 好看吧？"

"嗯！ 嗯？"他嗯了两声。 一时没有弄清楚这娃这句问话的内涵。

那娃也不再做解释，把木牌靠在一边，就动手挖起坑来了。

原来那木牌上还写有字。 他把那木牌上的字小声念了出来：

"花栎山——四望山大队文物保护单位。"

"文物保护单位？"他声音稍大了些，重复了后面这几个字，又加了个问号。

"文物保护单位！"那正在挖坑的娃，稍停了下手中的铁锨，也重复了这几个字，只是加了个惊叹号，算是回答，还狡黠地看了那位同志叔一眼，那眼睛好亮啊。 然后又埋头挖他的坑，那握着铁锨的手是很有力的。

"你个同志娃，能给咱讲解一下吗？ 这花栎山，咋就成了文物保护单位？ 它有啥文物？ 有啥主贵？"

那黑亮的眼睛又向这位同志叔闪了一下，又挖了两锨土，这才停下手来：

"讲解一下，也没啥不中啊。 你同志叔，活了怎大年岁，该懂得的啊。 你是真不懂，还是懂装不懂啊？"

"懂装不懂？ 有意思。"

"懂装不懂！ 你当只有不懂装懂那号人，没有懂装不懂这号人？ 有呢，存心戏耍人呀。 对这号人，能给他讲解？只该跟他吵仗。"

"我可不是这号人。 我也得说句老实话。 我呀，是又懂又不懂，半懂不懂，一半明白，一半糊涂。"

"跟我一样。 要叫我讲解，我还真讲不清。 我年岁不大，也算活了四十一岁了。 四十一年前的花栎山是个啥样子，我没见过。 听老辈人说，这花栎山原是满山花栎树。就在我出生那一年，一下叫推成了光头，化成了灰烬。 我见过的花栎山，就是如今这个样子，光秃秃的。 你同志叔问，有啥文物？ 有啥主贵？ 光秃秃就是文物，就主贵在它光秃秃。"

"你个同志娃，四十一岁了？ 胡子还没长一根，不像。"

"不像？ 不像也四十一了。 一点没有虚头，一点没有浮夸。 我出生在一天等于二十年的那一年，落地当天就二十岁了，这如今还不是四十一岁了呀？"

"有意思。 是四十一岁了。 这么说，你是五八年的娃子。"

"五八年的。 公元一千九百五十八年的产品。 我们这座花栎山，这座光秃秃的文物保护单位，也是五八年的产品。 它和我一样，都是跃进牌的。 我这一讲解，你同志叔就该明白了吧？ 不糊涂了吧？ 你总该知道五八年有个'大跃进'。 那时候，你同志叔也是个啥干部了吧？"

"五八年'大跃进'，知道，知道。 那时候，我也算是个啥干部了。 我还有点不明白，你们把这座荒山保护起来干啥？ 只见过封山育林，没听说过保护荒山的。 这荒山，荒废了二十一年，早就该绿化了呀。 咋保护？ 咋就算破坏了这文物？"

那后生娃黑亮的眼睛又向这位同志叔一闪，闪出了个失望的神色，还伴随着一声轻微的叹息。

"你同志叔，叫咱先把这文物保护牌竖起来，咱再慢慢给你讲解。 到我家吃早饭，咱吃着拍着。 我起草了份讲解稿，没带上，你去看看也中。 看看，给咱提提意见，修改修改。"

他笑了笑，从那后生娃手中争过铁锨，埋头挖起坑来。那握着铁锨的手，也是很有力的。

这样，那后生娃蹲在一边，反倒无事可做了。看着他挖坑，不禁夸赞道：

"看你同志叔这架势，倒也像个劳动人。"

"像吗？有个八成？"

"足有。八成要多。好哇，你同志叔挖着，咱给你讲解呀。听老辈人说，五八年那时候，花栎山，不光是花栎山，咱这一带山上，可热闹红火呢。成万人，全山阳县的人，都到咱这山上来，炼钢铁。你当只一座花栎山变成了光秃秃？这一带的山头，都变成了光秃秃！老辈人编了顺口溜：全民炼钢，树木砍光。那时候，也是听老辈人说，花栎山上来了两个书记，一个真书记，一个假书记，真真假假，真假二书记，真书记挂帅，假书记坐镇，连明扯夜放钢铁卫星，咱这一带的天都被烧成了红的，日夜火烧云。卫星放罢，老祖先的树砍光，山不戴帽，不留头发，推了个和尚头。谁叫咱这是炼钢基地呢？"

"一个挂帅，一个坐镇。这真假二书记，也真够可恶的了！"

"叫我说也是，可恶！应当各打四十大板。可人家心胸宽，说也不能全怨这两位书记。还说是啥好心肠办了坏事情。好心肠，坏事情。啥叫好心肠？办了坏事情的好心肠哟。叫人们都来看看这种好心肠吧。叫人们都记住这种好心肠吧。好心肠的人们啊，总该办一点好事。"

"是啊，是应当叫人们看看。是啊，是啊，是应当叫人们记住。 是啊，是啊，是啊，好心肠的人是应当办一点好事的。 你个小同志，说得很对很对。 很对呀！"

"这回，你同志叔该懂得这个文物保护单位了吧？"

"懂了。 小同志，我懂了。"

"我们保护它三五年。 三五年内不种树，不绿化。 叫人们看看。 叫人们记住。 就是这样。"

"这样好。 人们会记住的。 你这个主意挺好。 我方才在山上种了棵小花栎树，违反了你们的文物保护规定了吧？"

"小花栎树？ 插枝？ 活不了的。 你同志叔倒热心绿化。 是林业局的吧？ 林业局局长？ 要是林业技术员，就不会干出插枝这种事。 你说我的主意好。 不是。 我懂得个啥？ 是人家打旺叔的主意。"

"人家打旺叔？ 是那个心胸宽的人家打旺叔吧？ 我猜对了吧？ 是沙打旺吧？ 好像听说过。"

"那说明你是老山阳。 老山阳的人，谁人不知沙打旺？ 著名林业劳动模范！ 书记给人家披红戴花，县长给人家拉缰牵马，是整天上报纸上广播的人物。 可是，后来……不说，你个老山阳的同志叔也该知道了吧？"

"知道，知道。"

"公平吗？ 合理吗？"

"不公平。 也不合理。 咱们一件一件来纠正。 三中全会就是干这件事情的。"

　　他们两个把写有"花枥山——四望山大队文物保护单位"的木牌竖好。 挺扎实稳当的。 那个中年干部模样的人，用他的沾有泥土的手拉着那后生娃也沾有泥土的手，说：

　　"咱们认识一下。 我叫甄山。 也管林业上的一些事情。"

　　"我叫崔志云。"

　　"好，崔志云同志，咱们就算认识了。 谢谢你要招待我吃早饭。 这早饭不能吃了。 公社还有人等我，我没有请假就跑了出来。 特别谢谢你的讲解，真叫人开心窍。 我还要来的，咱们还会见面。 你先给沙打旺同志带个好，就说甄山问候他。 他会想起来的。 我改天再来拜访他。"

　　"也只好改天了。 打旺叔不在家。"

　　"出门了？"

　　"在林业法庭里。 传票是昨晚来的。 今天一早就去卧虎了。"

　　"林业法庭？ 林业法庭找他啥事？"

　　"不是找他。 是传他。 总不会是请我打旺叔赴宴喝酒吧？"

　　"是不是有人破坏山林，请老沙去查证呢？"

　　"没听说。"

　　"我正要回公社。 我去看看。"

　　甄山又拉了拉崔志云的手，就往卧虎公社那个方向去了。 崔志云看见，他脚步挺急促的。 这后生娃想，这位甄山同志算是个啥号样的干部呢？ 来去11号汽车，谅必不是啥四个轱辘转屁股冒青烟那号干部。 口倒满，说是要把不公平不合理的事情，一件一件地纠正呢。

二、耸人听闻的毁林案。 传讯时的一些情景。

山阳县西部山区林业法庭，设在卧虎公社所在地卧虎镇。 负责管理西部山区七个公社的林业案件。 在行政上直接受县人民法院的领导。 业务上和县林业局有联系。 因为是设在卧虎镇，也就请卧虎公社党委给予指导、协助和支持。 但它和公社的这种关系并不是十分明确的。 这林业法庭说不清是一个恢复单位，还是一个新建单位，反正是牌子挂起并不久。 编制两个人，一个审判员林秀水，一个书记员王小锁。 庭长是县法院副院长金牛套兼的。 老金在县里事情也多，只有时来过问一下这里的事情。 这里的工作实际上是林秀水在主持。 林秀水是某大学政治系毕业的学生，她高中毕业后，在农村插队两年，被作为工农兵推荐去上大学的，大学毕业也已两年，年轻女娃家，刚刚二十六岁。 王小锁更年轻些，还不算正式干部，是以工代干，这个男娃蛮机灵，也勤奋，是个农民的儿子，还沾有一身泥土气，法庭里的杂务、清洁卫生等公务员的工作，他也都做了，平时也不搭帮玩，没事总爱读一点书，写写画画的。 他们自己没有立伙，就在公社机关的伙上吃饭。

"山阳县西部山区林业法庭"的牌子，白底，黑字，挺正规，挺气派，挂在临街的一个小门上，进得门去，一个小天井院，院里有一顺溜坐北朝南的五间旧瓦房，倒新修葺过，三间是法庭三位工作人员的办公室住室，另两间是通着的，就是法庭了，传讯、审判，都在这里进行。布置得倒也像回事，审判席、原告席、被告席、证人席、旁听席，还都贴着条子，井然有序。这两间房也就是乡村学校教室那样大小，七十个人就把它挤满了。它可以比普通教室多坐上二十人，因为除在审判席前布置了三张课桌样大小的桌子外，其他席位都是拼凑的长条板凳，这样，教室里课桌通常所占的位置就可以腾出来多坐些人了。

林业法庭的牌子一挂出来，就呈现出繁忙的景象，告状、诉讼、来访，络绎不绝，多是历史积案，队与队之间的林权纠纷啦，偷盗林木啦，还有割资本主义尾巴那时集体砍了社员房前屋后的树啦，等等，纷至沓来，应接不暇。

这天，林秀水刚从乡下回来，王小锁交给她一封四望山大队投来的匿名告状信。那信上说：

西部山区林业法庭：

四望山大队刑满释放犯、反坏分子沙打旺，乘落实政策之机又钻进了大队林场。他当林管员的当天，就依仗职权，进行反扑，大肆进行阶级报复，发泄他多年来对党对社会主义的刻骨仇恨,亲手毁掉一百余棵幼树。请法庭火急秉公依法处理该案。该毁林案如不能火急秉公处理,该沙犯如不能火急依法制裁,四望山大队的林业即将毁于一旦,后果严重,不堪设想。火急,火急。

四望山大队群众

　　林秀水很重视这封匿名告状信。 她立即决定传讯被告。被告按时到庭。 传讯就在我们方才说的那两间房进行。 他们各自坐在各自的位置上。 没有原告,没有证人,也没有旁听者,就他们三个人。 下面就是传讯时的一些情景。

　　"被告人,你的姓名? "

　　"沙打旺。"

　　"籍贯。 就是说,你是哪里人? "

　　"四望山。"

　　"现在住址? "

　　"还是四望山。"

　　"职业。 你是干啥的? "

　　"大队林管员。"

　　"年龄。 你多大了? "

　　"我老汉今年五十八。"

　　"四望山那片幼林是你毁掉的吗? "

　　"是花栎山上那片幼林。 算不上啥幼林,是才栽上的油桐树苗。"

"花栎山上才栽上的一百多棵油桐树苗，是你毁掉的吗？"

"是一百零八棵。"

"是你毁掉的吗？"

"我没有毁掉。我把它们拔掉了……"

"那是一样的。你作案的时间。你什么时候作的案？什么时候拔掉那一百零八棵油桐树苗？"

"作案？"

"嗯。就是你拔掉树苗。"

"那是大前天。不错，是大前天。"

"那就是一九七九年三月三十日。记录在案。"

"三月三十。不错，就是我当大队林管员的那一天。"

"你作案的动机和目的是什么？"

"动机和目的？"

"就是你为什么作案？为啥毁林？为啥要拔树苗？"

"是这？千秋万代的事，咱不敢说，也说不了嘛。咱想着，咱这一代，咱下一代，不说千秋万代，就说两代，可不敢再干那号乱砍滥伐的事了，那号事伤天害理哩。就是为了个这！"

"你不要说远了，沙打旺。是问你为啥要毁林，问你作案的动机。也就是说，你为啥要拔树苗？"

"我不说远，法官女娃。远的，千秋万代的事，咱不敢说，也说不了嘛。咱不就是只说了两代？"

"沙打旺，你的神经，也就是说你的精神正常不正常？没有过精神病的历史吧？没有犯过精神病吧？"

"精神病？精神会有啥病？说是五十八了，风吹日头晒，还精神着呢，身子骨，你看到的，也没啥病症，硬朗着呢，结实着呢。不怕你见笑，一顿还得一斤蒸馍，不论有菜没菜，只要有蒜汁辣椒水就中。如今正是割山韭菜的时候，清油炒山韭菜，再打里头俩鸡蛋，味可鲜呢，外加几个馍，可就难说了……"

"沙打旺，你听好。"

"咱耳朵不背。"

"有人告发你，你在三月三十日把花枥山上的一百零八棵油桐树苗毁掉，也就是拔掉，你已经供认不讳，就是说你已经承认。现在问你的是，你为啥要把这些树苗毁掉、拔掉？你回答这个问题，不要扯别的，不要离题，不要拐弯。你要认真回答本法庭的问题。蔑视法庭，也是有罪的。你懂吗？蔑视法庭，就是看不起法庭，在法庭上开玩笑，胡说八道，对法庭抱着敌视的轻视的态度，这也是有罪。你懂吗？"

"有了这林业法庭，咱喜都喜不及呢。早有就好了。咱是林管员，还有跟林业法庭不亲的？咱跟这法庭亲，亲不够。咱林管员跟你林业法官女娃亲，咱是一家人。我沙打旺，跟树呢，也是个亲不够。为了树，生了多少气，得罪下多少人，受了多少熬煎，一时半会儿也说不清。你法官女娃年岁轻，听口音也不是咱山里人，只怕也没到过咱四望山，你去嘛，看看，问问，打听打听，就托底我沙打旺是个啥号样的人了。"

"你又拐弯了。没有问你这些。要你回答，你为啥要毁林、拔树苗？你是什么人？我们也知道一点。在历史上，你就犯过法，服过刑，坐过牢。有过这事吗？"

"不假。有过。那是老辈子的事了。一二十年了。坐过三年牢。"

"你犯了什么罪？"

"我犯了保护森林罪。"

"保护森林罪？"'

"那时候，要有你们这林业法庭就好了。"

"保护森林咋会有罪？瞎说！"

"你们那时候干啥去了？哦，哦，年轻娃们，你们那时候还在吃奶呢，还不懂世事呢。瞎说？你们瞎说给我听听看。"

"我们不要听你这神经错乱的回答。现在回到原来的问题上来。你为啥要毁林？就是拔树苗。你的动机和目的，是不是发泄你对党对社会主义的仇恨？"

沙打旺"呸"地吐了口唾沫。

"说了半天，你也没听懂啊。为啥？直来直去不拐弯，一句话，就为了两代不再干毁林那号傻事！"这个被看作神经错乱的老汉，这段话是大声喊出来的，洪亮而高亢，把这两间房的法庭震荡得嗡嗡响。 把在审判席上坐着执行公务的两个年轻人，震动得一愣怔。

林业法庭女审判员，二十六岁的林秀水，先从愣怔中醒来，摇了摇她那一头很黑的短发，明澈的眼睛里透露出一丝无可奈何的笑意，她和书记员王小锁商量了几句，然后说：

"本法庭将去花栎山现场和四望山大队调查核实情况，然后再对本案予以审理。 现在，被告人沙打旺在传讯记录上签字后可以退席。 沙打旺，你要记住，本庭将随时传讯你出庭，你要做到随传随到。"

"那还用说？ 一家人嘛，不能见外，有请必到。"

王小锁把传记记录念了一遍。 沙打旺点着了旱烟袋，眯缝着眼听着。 念完了，让他签字，他不会写字，就在那份记录上按了个红指头印。 他把那红指头在裤子上抹了抹，真诚地笑着说：

"欢迎你们早点到咱四望山去呀，花栎山也好看，你们来呀，我等着。 山韭菜，头茬的，鲜嫩得很呢，在卧虎镇街上你们是吃不到的。"

沙打旺出了林业法庭的门，集市还没有全散，虽然是已经冷落了些，他直往树苗市上走去，在那里比画着，做着手势，争吵着，喷着唾沫，如鱼得水，惬意得很。 看来，并不打算买什么树苗，那比画，那争吵，本身大约就是一种享受。 然后，他拐到一家饭馆里，约有半个时辰，吃了一斤蒸馍吧，出得饭馆门来，兴致勃勃地往他的四望山走去了，脚步挺带劲的。　这位被看作神经错乱的被告人，也不知他带的什么劲？　哪里来的兴致？　他还唱着歌呢，是这一带山区流行的用假嗓子把声音挑得很高亢的靠山红调，词也是古老的：

　　　清明哎时节哟雨纷纷啰，

　　　看我吆大山啰处处青哎——

他自己的高亢的歌声，伴随着他自己的带劲的脚步，回他的四望山去了。

三、三个书记的一天一夜。

山阳县委书记甄山和副书记贾青，是昨天半夜才到达这个远离县城一百五十里的卧虎公社来的。　春节过后，破了五，即是阳历的二月上旬，按照省委的统一部署，山阳县委召开了四级干部大会，贯彻中央三中全会的精神，组织工作着重点向四化建设的转移。　会开过一个多月了，贯彻的情况到底如何？　县委常委准备在四月十日开个常委会，议论一番。　开会前，甄山建议常委们都尽可能深入下去，哪怕是走马观花，多少掌握一点第一手材料才好。　他拉上贾青，连夜赶来卧虎。　没有惊动公社书记马中骏他们，只让通信员安排了住处。

这天开早饭时，却一直等不到甄山，和甄山住在一间客房里的贾青，也不知他到哪里去了。贾青说：

"不用等。谁知他摸到哪里去了？神出鬼没！按时开饭，还怕饿着他老甄？司机小陈还等着回县去呢。"

吃了饭，小陈把吉普车开走。贾青把马中骏叫到自己住的客房里，说是谈谈心。这间客房，算是卧虎公社的一间高级客房，两张单人床，一张三斗桌，两把木椅，还有两把山里产的青丝葛藤编的沙发椅，沙发中间还放了个小茶几。房子在后院，也挺安静。贾青抽烟抽得厉害，一天得要四十支左右，他是一支接上一支抽的。又好喝苦涩的浓茶。不管到哪里，他都用食品塑料袋装一袋茶叶随身带着。他泡一缸浓茶，也给马中骏泡一缸淡一点的。然后点着一支烟。马中骏不抽烟，贾青没有让他。

"坐吧，小马，咱们谈谈心。"

年轻的公社党委书记坐在沙发上。贾青却来回踱步。

"贾书记，我把公社的情况汇报一下？"

"哪有时间。等老甄回来，你再一起汇报。咱先谈谈心。"

"先汇报汇报我的思想？"

贾青坐在另一张沙发上。

"小马呀，你的思想，不汇报我也知道。就是要谈谈你的思想。早就想跟你谈谈了。你在四干会上那个发言，怎么说的？反右派，反右倾，小四清，大四清……怎么说的？

你再说说看。"

"反右派，'大跃进'，拔白旗，反右倾，小四清，大四清，再加上十年'文化大革命'，就是块铁疙瘩也磨成钢子了。"

"顺、口、溜！"

马中骏没吭声。

贾青啜了口苦涩的浓茶。口气稍和缓了些。

"这是社会上流传的？还是你自己编出来的？编得倒怪顺嘴。"

"是我根据群众和干部的说法加以总结的。"

"总结？这样的大事，还轮不到咱们来总结。有党中央，中央自会总结。小马，你今年多大了？三十二？"

"是三十二。"

"你才三十二岁。反右派时你多大？十岁。'大跃进'时你多大？十一岁。拔白旗反右倾时你多大？十二岁。你还是个娃，那些事你又没亲身经历过，你懂得什么？就敢总结？好大的口气！不要说县委书记、地委书记，省委书记敢总结吗？你一个小小的公社书记竟敢总结？"

"总结这个词用得不妥当。我是反映群众和基层干部的一些思想情绪。我觉得在党的会议上，应当反映群众的思想情绪。"

把这支烟头连接到另一支烟上，猛吸一口，喷出一大团烟雾来。

"反映情况当然是可以的了啰，也应当。 问题是你自己的态度，自己的想法，你对这些思想情绪怎么看？ 群众情绪？ 对群众情绪也要分析。 毛主席说过，凡有人的地方，都有左中右。 就看是哪一部分群众的情绪了。 一句顺口溜，全盘否定了我们党二十年的工作。 这是一种危险的情绪，相当危险。 有害的情绪，十分有害。"

马中骏沉默着。 他端起茶缸，喝茶。

"是不是这样啊，小马呀？"

争论的激情在马中骏年轻的胸膛里鼓荡，那股激情已经升起到喉头了。 他连忙又喝了口茶，笑了笑，他用这口茶、这个笑，把那股激情又压回到胸膛里去了。

"让我想一想吧，贾书记。"

"是要想一想。 允许想一想。 就是要多想一想。 不论来自哪里的批评意见，上级的也好，通了就是通了，不通就是不通。 不通，可以想一想。 会想通的。 这是我们共产党的规矩。 可是，在言论上，就要注意啰。 我们是共产党员，我们的言论是要向党负责的，不能跟着社会上瞎说一气，不要赶时髦。 解放思想是要解放的啰，解放思想可不是赶时髦。"

马中骏看见贾青又站起来，踱步，扔掉烟头，又点燃一支烟。 看着在烟雾包围中的自己这位上级，这位头发开始花白了的长者，他心情很复杂。 那复杂的心情里，竟有一丝叫作怜悯。

贾青停下脚步，看着沉默不语的马中骏，说：

"就这样吧，小马。 你去想一想。 我去转一转。 也去看看群众情绪。 就在附近。 老甄回来，你就说我晚上回来。"

马中骏站起来，想告别走了。 那股在胸膛里鼓荡的什么东西，却不听话地冒了出来：

"贾书记，我应该坦白向你汇报一下我的思想。 我倒觉得这句顺口溜有一定的道理。 是对我们党八大以后的工作的一种批评。 八大是五六年开的，那时我才九岁，更是一个不懂事的娃娃，更没有发言权了。 可是，我通过学习，知道八大时我们党就组织过一次工作着重点向生产建设方面的转移。 但是这种转移未能实现。 这是由于我们党对阶级斗争形势的估量发生了偏差，因而搞了一系列的扩大化的阶级斗争。 就是说，八大以后，我们在实践上是背离八大的正确路线的。 不知道这种想法对不对？"

贾青惊讶地看着马中骏。 还是耐心地平静地听完了他的话。 随后，他说：

"我们再找时间谈吧。"

甄山回到卧虎公社，已是八时五十分。 一早来回走了二十里，又爬了花栎山，又在花栎山下搞了那么一点体力劳动，肚子有些饿了。 他吃早饭时，马中骏坐在一边陪着他。马中骏在心眼里敬重这位甄山书记，他很想把方才挨贾青书记批的事倾诉一番。 想了想，还是不说为好。 在四干会上的总结报告中，甄山还引用了他的这句顺口溜，而贾青批的正是这句顺口溜。 他们显然是有分歧的。 把县委书记们之间的分歧在背后端出来，总是不好的。 作为一个下级来说，更是不正派的。 他就没有说。

甄山却一边大口吃着馍，一边兴致很好地说：

"我跑到花栎山上去看了看。 看了看我当年的政绩！好景致啰！ 你去看过吗？"

"窟窟窿窿的，连根草也没栽，光秃秃有啥景致好看？"

"嘿！ 这就是它的主贵处！ 别的地方还难得看到呢。这算是我们山阳县的一景！ 你不懂。 四望山的人比别人多了一窍，把这个主贵的地方保护起来了：文物保护单位！ 真叫妙，妙不可言！"

"我怎么不知道？"

"你怎么会知道？ 为什么非得你知道？ 还得要你这个公社书记批准？ 这是人家四望山大队一级的文物保护单位，人家自己就可以定，不必请示。 还竖了牌子：花栎山——四望山大队文物保护单位。 最新消息。"

"这是不是有点乱弹琴？"

甄山把玉米糁糊汤喝完，用剩下的一块馍把豆腐乳和咸菜盘扫荡一净，挺彻底。

"乱弹琴？ 谁说的？ 这个琴才叫弹得好，比你我都弹

得高明。 用文学家的话说，弹到人的心弦上了。 你不懂
啰。 你没有亲身经历过。"

马中骏差点笑出来。 心想：又是一个没有亲身经历过。
但他当然懂得，这同一句话，意思是两样的。

甄山觉察出了马中骏情绪上的微妙变化，一下就捕捉到
了：

"你想笑，笑什么？"

"我没有想笑呀。"

"你不用跟我玩鬼。"

甄山站起来，边走边说：

"林业法庭传讯四望山大队沙打旺的事，知道吗？"

"不知道。"

"又是一个不知道。 他们不说，你当然不会知道。 这
个林业法庭，办什么事和公社党委通通气才好，特别是卧虎
公社的事。 你找个人跟老金他们说一下，就说我想知道传讯
沙打旺的情况。 请他们有时间来一下。 或者我们去。"

"什么时候传讯的？ 为了什么事？"

"我也不知道。 也许传讯正在进行。"

"老金在县里没来。 我让小林来一下。"

"小林？"

"林秀水。 政治系毕业的大学生。 前年分配到县法院
的。 现在是林业法庭的审判员。"

"女审判员。 你对她的档案倒背得挺熟。"

甄山说着看着马中骏的脸，马中骏把脸扭到一边去了。

"那就请小林抽时间来一下。 你也参加。 我们一起谈。"

午饭前，林秀水带着匿名告状信和传讯记录两份书面材料来。 她把材料交给马中骏。

"情况都在这两份材料里了。 你和甄书记先看材料。 中午汇报？ 甄书记不睡午觉？"

甄山正好到马中骏的屋里来。 他打量了一下这位挺秀气的女审判员。

"午觉，晚觉，哪有那么多的觉哟！ 吃了饭，咱们就谈起来。 对这个沙打旺，我还有一点发言权呢。 就在小马这屋里谈。 小马准备点好茶叶。"

吃完饭，在马中骏的办公室兼住室里，马中骏坐在靠桌头的床上，甄山坐在桌前的藤椅上，林秀水坐在桌子的另一端的一把木椅上，马中骏和甄山这才传看林秀水带来的那两份书面材料。 甄山先看那份传讯记录，常忍不住笑出声来。

林秀水也笑：

"你看，甄书记，这个被告人有点精神错乱吧？ 答非所问，真是没有办法。"

甄山把传讯记录重新仔细看了一遍。 这次没笑。 看完后这才说：

"怎么精神错乱？ 怎么答非所问？ 回答得不是很清楚明确吗？ 他拔掉花栎山上的那些油桐树苗，动机和目的是为了两代人不再干乱砍滥伐这种傻事。 这个意思，人家重复了多次，清楚得很嘛。 两代人。 我们这一代人。 你们这一代人。"

女审判员没有料到县委书记会说出这种话来。

"这就叫人糊涂了。 他沙打旺毁林，拔掉大批幼树苗，这本身就构成了乱砍滥伐罪。 特别是利用林管员的职权，他又有犯罪的历史，恐怕就要罪加一等。 他的动机和目的反而是为了人们，而且是为了两代的人们不再乱砍滥伐。 这怎么理解呢？"

甄山的脑子里浮想起他也帮助挖坑竖起来的那块文物保护牌，想向林秀水解释一下。 旋即，又打消了这个主意。他翻了翻那份传讯记录，找到了一句话，念了起来：

"'本法庭将去花栎山现场和四望山大队调查核实情况。'调查去吧，核实去吧，审判员同志。 调查核实之后，就容易理解了。 人家不是欢迎你们去？ 头茬的山韭菜的确是鲜嫩的呢。"

林秀水摇了摇她那一头很黑的短发，表示实在不好理解。

甄山看了看正在摇头的林秀水，说：

"我说过对这个沙打旺，我还有一点发言权。 我现在负责地向林业法庭提供两点情况。 一点情况是，合作化时期，他是林业劳动模范。 他的模范事迹表现在两个方面：一是育林，一是护林。 详细情况不多说了。 这个档案恐怕也不好查找了，可以到林业局去查查看。 今天早晨，在四望山，那个叫崔志云的后生娃还说，书记给人家披红戴花，县长给人家拉缰牵马。 有这事。 那时候，我是县长，就是我给人家拉缰牵马的。 给老沙披红戴花的是老丁，后来调到地委工作，'文化大革命'中被整死了，不在人世了。

"第二点情况，就是他判三年徒刑的问题。 那是五八年，就是大炼钢铁的那一年，花栎山是全县的钢铁基地，钢铁大军开到花栎山上去，砍树，建小土炉。 当时也是林管员的沙打旺，也开到花栎山上去，当然他是单枪匹马了，他扛了把镢头，挖正在建设中的一个小土炉的根脚，把那个小土炉挖得倒塌了。 他当场以破坏大炼钢铁罪被捕，戴上现行反革命分子的帽子，判了三年徒刑。 当时我是县委书记。 老贾是卧虎公社的书记，兼那个花栎山钢铁基地的指挥。 这件事，是老贾经办、我批准的。 这个传讯记录上，沙打旺说，他犯了保护森林罪。 事情过去二十一年，现在回过头来想想，也不无道理。 传讯记录上，他还说，那时候要有你们这个林业法庭就好了。 是啊，在林业法庭上受审判的，应当是我们这些指挥有组织地大规模地乱砍滥伐的伐木者。 办得到吗？"

女审判员的明澈的眼睛，始终看着正在叙述沙打旺情况的县委书记。 她的眼神的变化，表示她多少懂得一点这个沙打旺了。

也多少懂得一点这位县委书记了。

"这个档案也可以到县法院去查查。 十年浩劫，砸烂公检法，档案也不一定好查找了。 但我可以证明。 我和老贾可以负责地写出证明材料。 我建议沙打旺五八年一案可以复查一下，甄别一下。 我们搞错了，就推倒，不算，恢复人家林业劳动模范的名誉。"

林秀水在笔记本上记下了甄山的这个建议。

"从这个传讯记录上看，法庭忽略了一个重要的细节。你怎么没有问他把那些拔掉的油桐树苗如何处置了呢？ 是当柴烧了？ 是扔掉了？ 还是把它们移栽了？ 这是应当弄清楚的。 这是影响案情的一个重要细节。 是不是这样，小林？"

林秀水点了点头，表示同意。 还"哎呀"了一声，又是对自己的忽略的吃惊，又是对自己的忽略的抱歉。

"好了，我的意见就这么多。 听听马中之骏马同志的。"

马中骏一直在认真听甄山讲。 甄山愈讲下去，他觉得自己的心与甄山的心贴得愈近。 他正沉湎于这种心与心的贴近的温暖中，听到甄山点他，叫他讲意见。 又听到甄山跟他开玩笑，叫他马中之骏马，竟有点羞涩地笑着说：

"我拥护甄山同志的意见。 看看林秀水同志还有什么意见？ 法庭有什么需要公社党委协助配合的，我们愿意协助配合。"

"林中之秀水。 这个名字也叫得好咪。 好听，也好看。 绿荫覆盖的森林之中，一条秀丽明净的溪水，还不好看呀？"

林秀水那女娃家的脸上飞来两片红。

"甄书记真会开玩笑。"

"好喽，我得先走了。 你们，马中之骏马和林中之秀水，协助配合一下吧。"走时，还丢给他们一个诡谲的笑。

不一会儿，甄山脚步匆匆地又回来了。 看到只马中骏一个人趴在桌上在写什么。

"走了？"

"走了。"

"这么快？ 协助配合完毕？"

马中骏一笑。 甄山看到了马中骏在笔记本上刚写下的一行字："卧虎公社贯彻县委四级干部大会精神一个多月来的情况。"

"情况，等老贾回来一起谈。 有件事，要急办。 你给农业助理、林业助理、水利助理，还有管气象的，有没有？ 谁管气象？ 给他们布置一项任务，把卧虎公社近二十年来由于森林覆盖面积变化所引起的各方面变化的情况，如流经卧虎境内蛇尾、双龙两条河流流量的变化，降雨量的变化，水土流失的情况，气候的变化，旱涝灾害，对农作物的影响，等等，最好能逐年搞出数据。 森林的大规模破坏是五八年，那就从五九年搞起，搞到七八年，正好二十年，搞这么一个材料。"

"是不是就是搞一个以森林覆盖率变化为中心的生态平衡变化的情况的统计材料？"

"对极了！ 你看搞这么一个材料需要几天？ 得快，等着用。"

"最快也要七八个月。"

"什么？ 我说是几天，不是几个月。 今天是二号，今天布置，不算。 从明天开始，三、四、五、六、七，五天时间，到七号晚上交给我，怎么样？ 十号开常委会，我要用这个材料。"

"那就只好估计了。"

"估计不行。 瞎估计！ 要统计，要确确实实的数据。我们就是靠这个科学数据才能指挥生产。 瞎估计只能瞎指挥。 懂吗？"

"那怎么办？ 这五天时间实在是……"用手挠着后脑勺。

"那就再加两天，七天，到九号晚上交稿，怎么样？"

"七天？ 统计？ 笼统的估计？"

"不行！ 要数据！ 确确实实的数据！ 七天！ 一天也不能多！"

每一个短句后面都是惊叹号，斩钉截铁。

挠后脑勺的手放了下来，好像讨价还价讨到了这两天时间，高兴了。

"那就试试看吧。"

甄山觉察到这高兴里面的鬼。 盯着马中骏的眼睛。

"试试看？"

"甄书记，这件工作，我们已经进行了半年多。 原来的资料极少极少，就是靠逐队去和干部、群众座谈。 三月上旬拿出了一个初稿，公社党委议论过一次，又拿下去复查核实去了，说是五号可以定稿。 完全准确也难，只能做到接近准确就是了。 这个材料，五号可以交给你。"

县委书记的眼睛都亮了。 那眼睛里生发出一种长者的温柔之情。 他温柔地看着、欣赏着自己这位年轻的下级。 听完了马中骏的叙述，他竟用年轻人表达感情的方式，情不自禁地用拳头擂了一下马中骏那结实的胸膛，"咚"的一声，又随口冲出两个字：

"骏马！"

他极少如此赞扬什么人，特别是用这种溢于言表的方式，特别是对自己的下级。 今天是怎么了？

贾青并没有如他自己所说回公社来。 晚上九点钟，县广播站广播完当天的节目后，腾出了电话线路，四望山大队有电话来，说是贾书记在那里，今晚不回公社，就在四望山大队过夜了。 四望山大队打电话来的是大队会计，他悄悄告诉接电话的公社秘书，说贾书记正在召开一个干部会，纠正包产到户这种带倾向性的问题。 还发现了花栎山下竖了块文物保护牌子，他已命令把那块牌子拔掉了。 他还命令把沙打旺林管员的职务撤掉。 他正在大发雷霆呢。

公社秘书把这一情况告知了马中骏。 马中骏把它转告了甄山。 甄山听了后，点了点头，表示知道了。 也表示暂时不准备说什么。 马中骏退出来，回到自己的办公室。

甄山只抽很少的烟，那就是他在思索时。 他方才正在看随身带来的中央和上级的几份文件，听了马中骏讲的情况后，他把文件收拢了一下，放好。 他坐在青丝葛藤沙发上，仰起头看顶棚，那顶棚是旧报纸糊在粗篾编的架子上的。 这客房正中挂着一个灯头，没有灯罩，是一百瓦的灯泡。 桌上还有一个台灯。 他把台灯熄灭，拉亮了这支挂灯。 卧虎公社水电站发的电电压不稳，灯光忽明忽暗，亮得耀眼，暗得朦胧。 他点燃一支烟，仰头看着那顶棚上糊的旧报纸。 大标题是可以看见的：打倒党内走资本主义道路的当权派！ 造反有理！ 革命无罪！ 狠批中国的赫鲁晓夫的三自一包！ 把无产阶级文化大革命进行到底！ 无产阶级文化大革命胜利万岁！ 批林批孔！ 评法批儒！ 走资派还在走，造反派要战斗！ 批邓！ 反击右倾翻案风！ 等等，等等。 灯光忽明忽暗，就更加叫人眼花缭乱。 那么多惊叹号呀！ 使甄山引起一种奇怪的联想，那一个个惊叹号，就好像是一把把匕首，每把匕首下面是一滴血。

可不是吗？ 那惊叹号是红的，那匕首是红的，那滴血，也是红的啊。

真不愿看到这些惊叹号。 真不愿想起由这些惊叹号编织成的岁月。 那些流逝去了的岁月，叫它远远地流走吧……

　　岁月流走了。 岁月的河流留下的泥沙，沉淀在记忆里。 岂止是记忆里？ 也沉淀在他的后背上。 他的后背上伤疤累累，就是那个岁月留给他的纪念。 如今，每逢天阴欲雨，还隐隐作痛。 这是他作为走资本主义道路的当权派，又死不改悔，而得到的惩罚。 他没有改悔吗？ 他有那样多的反省自问的时间，什么也不做，就是反躬自问。 他改悔了，只是从另外一方面。 他从那些对他残酷斗争、无情打击的疯狂了的人身上，好像也嗅到了自己的一点气味，看到了自己的一点影子。 很长时间以来，他深深陷入羞辱之中。 这是另一种羞辱。 不是人们强加给他的人身侮辱。 是发自他内心的自我羞辱。 当然，他没有用皮鞭抽打过自己的同志。 但是，是否伤害过自己的同志呢？ 伤害过的。 这种伤害，不也是一种皮鞭，一种抽打吗？ 虽然，从形式上看，这要"文明"些。 而且，他自己觉得，拿他自己与疯狂地对待他的人相比，也是不一样的。 不一样。 又相似。 这使他感到羞辱。当他在不自由中悄悄得知与他共事多年的老丁同志已被整死，他深感愧疚。 反右倾时，他伤害过老丁。 虽然，他扪心自问，并没有捏造过什么材料，但总是伤害过老丁同志。为什么要如此自相残杀呢？ 他检查了自己在当走资派以前的种种言行，也实在够左得可爱的了。 却竟被戴上了顶走资派帽子，这顶帽子并不合尺寸呢，真是一种奖赏。 想到这里，他常哑然失笑。 他想，此生此世如果有幸再能为党工作，将怎样工作呢？ 恐怕应当是不像以前那样，而应当，甚至就应当像如同这些疯狂的人所批判的走资派那样……这些思想断片的拷贝，还是在牛棚里完成的。 如今，他坐在这里，不过是重新温习其中的某些镜头罢了。

电灯明灭了三次，这是警告即将停止供电。 水电站供电只供到夜晚十时。 他看了看表，果然，还差两分钟就十点了。 他并不起身去点燃和台灯放在一起的那盏带罩的煤油灯，依旧坐在那里。 电灯灭了，一片黑暗。 星光透过窗户洒进屋里来。 青灰色的、暗淡的、朦胧的星光。 这些苍穹之中的星群啊，它们距离人类居住的这个星球有多少光年呢？ 它们那里真的是万物都不生长吗？ 太阳不也照耀到它们吗？ 它们不也是太阳系的家族吗？

青幽幽的光，这光线，这色彩，多像那间牛棚啊——

"我们犯了什么罪呀？ 把我们囚在这里。 我们对党有什么不忠诚吗？"

"事情总有个头。 我就不信，会总这样乱下去。 你说呢，老甄。"

"这叫什么革命呀？ 毛主席他老人家知道吗？ 我们的党就这样完了吗？ 我就不信。 你说呢，老甄？"

"挺住，挺住。 我们还会为党工作的，在死之前。 是吗？"

他仿佛又听到了这些声音。 是贾青的声音。 在牛棚里，在他的耳畔说的。

在死之前，他们当然还会为党工作。 离死还远呢。 七五年，他们被正式安排了工作，他任县革命委员会副主任，分管生产，老贾任革命委员会生产指挥部副指挥长。 在半坪公社，他们搞了一个山头，削平山头，人造平原。 又是在那里乱砍滥伐！ 不久，那股反击右倾翻案的风刮来，又刮给他们一顶走资派的帽子。 现在想来，真有意思。 这是右倾吗？ 右倾呢，还是左倾呢？ 历史常常制造那么一点小小的误会，又把那顶并不合乎他的尺寸的走资派帽子重新奖赏给他。 他怀疑过他自己对党的忠诚吗？ 他怀疑过贾青对党的忠诚吗？ 都没有过。 在削平那个山头（叫什么山头？ 真不愿想它）、人造平原时，老贾是豁上了命的，他抬石头，扭伤了腰，在病床上整整躺了三个月。 好心肠啊，办了坏事情的好心肠啊。 好了，粉碎了"四人帮"，他们是怎样的狂欢啊！ 真正可以为党工作了。 他恢复了县委书记的职务，贾青恢复了副书记的职务。 批"四人帮"！ 还没有劲头呀？怎么？ 要批"四人帮"的极右！ 这使他惶惑。 他们右在哪里呢？ 极右在哪里呢？ 三中全会，才把他从惶惑中解救出来。 原来不是极右，是极左！ 为党工作，真得好好考虑考虑，怎样才叫真正为党工作？ 花栎山下那个后生娃说出了真理：好心肠应当办好事情。

三中全会以来，老贾和他的意见常常相左。 老贾分管政法战线和平反冤假错案的工作。 平反工作，进展缓慢。 他这次把老贾拉着一起到卧虎来，有一个意思是想能有时间充分地谈谈心，交换一下意见。 刚来，心还未谈，意见还未交换，就……这个老贾，也太莽撞，总该事前通通气嘛。 看来，交锋怕是不可避免的了。 这个四望山的问题，应当如何处置呢？ 包产到户，这个包产到户，应当如何看待呢？

他走出暗淡的屋子，到前院去，看见马中骏的窗户上有亮光。 他到公社书记的屋里来。 看见灯下摊着一份复写的材料，他翻了翻，见那标题是：《山阳县卧虎公社近二十年来生态平衡问题的调查报告》（未定稿）。 马中骏告诉他：

"我在文字上做一点修改。"

甄山点点头。 提起他方才想的那个问题：

"四望山的包产到户是怎么回事？"

"有这回事。 他们要搞。 我也支持。 公社党委其他同志也没提出过不同意见。"

"你对这个包产到户怎么看法？"

"甄书记要考我呀？ 我来回答试试看。 我认为首先要划清包产到户和分田单干的界限。 这是两回事情。 集体所有制并没有变，只不过是每家农户是集体的承包单位。 这适合我们山区的特点，土地分散，居住分散，生产力的水平也低，机械很少，种地还是要靠牛啊。 而且，它又最能体现联产计酬，能调动农民的积极性，是在实践上对平均主义的一个批判。 因此，我们公社党委认为，包产到户应当算作联产计酬责任制的一种形式，它的性质是社会主义的。 我们尊重和支持农民群众的这种实践，认为这与三中全会的总的精神并不违背。 我们议论，四望山搞起来，就允许人家试试嘛，看看效果嘛。 目前，我们公社只一个四望山在搞，也不致有亡党亡国的危险嘛。 就是这样。 我们不认为这在方向上有什么问题，所以就没有向县委请示。 如果县委认为这是方向问题，我们也希望能允许四望山实践一年或两年后，再加以纠正。"

"方向啊？ 我们吃方向饭吃了几十年了。 劳动日值，你们卧虎的劳动日值是多少？ 平均。"

"平均两角一分。"

"两角一分，略低于全县的平均水平，全县是两角四分。 两角一分，买一盒白河桥牌香烟，就不够买一盒火柴了。 按人口平均收入，那就更不用说了。"

"最低的日值八分，八支白河桥牌香烟。"

"我问心有愧。"这不是随随便便的一句表白、一句官腔。 是感情色彩很浓重的，是发自内心的，是颇为酸楚的。

甄山没有向马中骏告别，就走出了屋子，径直到对面有电话的那间办公室去。 马中骏听到他在打电话，大约是给县委办公室。

"你把农办、农业局、林业局、水利局、气象站几家找到一起，开个会，就说我有这样一个建议，建议搞一个山阳县近二十年（从五九年到七八年）生态平衡变化情况的调查，由农办牵头，请他们组织力量，制定措施。 时间要求是在国庆节前拿出调查报告。 质量要求是各项变化都要有切实可靠的科学数据。 这个会，明天上午就开。 开了后，有什么反应，有什么困难，你向我讲一下……我要在卧虎待几天，你就要卧虎……他们会知道我在哪里。”

稻子成熟的黄色的谷粒，脱离了穗，撒落在水田里，又冒出了嫩弱的绿色的芽。 旱地里，黄豆成熟的荚，变成了黑色的或霉绿色的，有的还挂在豆秧上，有的也撒落在地上了。 经过霜打，红薯的藤叶也变成了黑色的。 红薯地边，一面红底黄字的旗，在冬日黄昏的冷风中摇曳。 那旗的红底已经略为褪色，不大，是三角形的，上面写着“佘太君兵团”。 十数个佘太君，白头发的和花白头发的妇女，成散兵线状蹲在红薯地里，用小号的铁齿耙、菜园里用的小薅锄、比锅铲大不了多少的小铁锨、适于老年妇女的各式各样的工具，在艰难地挖红薯……娃子们，三四岁的，四五岁的，五六岁的，男娃和女娃，在红薯地边嬉戏，男娃打架，女娃过家家，也有的在啃红薯。 有一个女娃，梳了两根羊角辫，看她的身个，大约最小，只两岁多吧，她坐在地边，呆滞地望着逐渐沉没的落日，瑟缩着她那小身体，她是冷吗？ 有点发抖，很像那面在风中摇曳的旗……

在山上，这里，那里，震荡山谷的轰鸣互相呼应着，花栎、青枫、鬼柳、木梓、马尾松、红椿、山楸……各样品种的大树，纷纷倒下，锯断，破开，有的成为埋锅造饭的烧柴；有的成为窑柴，背着，挑着，送到了炭窑里去，然后，就变成了黑明发亮的或轻敷一层白粉的，敲着当当响的木炭。 伐木声日夜不断，运输线日夜不断……赵子龙野战兵团，岳飞野战兵团，卫星野战兵团，火箭野战兵团，穆桂英运输兵团，各种各样的旗帜，在光中飘扬，在风中翻卷……雪花飞舞，妇女们穿着单衣，显出她们年轻躯体的曲线，嘴里哈着气，头上冒着气，负着重在山道上奔走；青壮汉子脱光上衣，露出他们结实的胸背和粗壮的胳膊，挥动着利斧，拉扯着大锯，还用胸音大声呼喊着：

"嘿！ ——嘿！ ——嘿！ ——"

头，眼睛，鼻子，嘴巴，身躯，腿，脚，男人的和女人的，活动着，拥挤着，碰撞着，人的狂风，人的波浪，人的旋流，旋流的中心在花栎山钢铁基地。 "花栎山钢铁基地"这七个字，用红土写在山脚下一面天然的石墙上，每一个字都有一个人那样大小……运木炭的，运低品位的铁矿石的，运从各村搜集来的家用铁器的，络绎不绝……统统送进成百个土石结构的小土炉那黑色的大嘴巴里去，它们吞噬了这一切，冒着火，红的火，还发出"哧哧"的声响，就好像是：它们咂着嘴，吐着红色的舌头，品尝着、回味着这些食料的滋味。 它们经过了咀嚼，吐出了铁……运铁的队伍，报喜的队伍，扭秧歌的队伍，喧天的锣鼓声，鸣哜的唢呐声，雄壮的口号声，交织着，在山间回响。 他，年轻时的贾青，睡眠不足的带血丝的眼，左臂上戴着印有"指挥"的红袖标，在队伍前后小跑着，挥动着手臂，嘶哑着嗓子，领着呼口号：

"全民炼钢！ 大办钢铁！"

"宁肯少活二十年，定保钢铁卫星飞上天！"

"一切为钢铁元帅让路！"

"一切为钢铁元帅升帐！"

这些豪迈的口号，化成了各种颜色的标语，写在纸上，写在山上，写在炉前，无所不在……

烟飞灰灭……

烟飞灰灭……

人流不见了，喧嚷的群山变成无声的了，死寂的了……

树木不见了，绿色的群山袒露出它们褐色的胸膛，变成光秃秃的了，就好像一个偌大无比的理发师，用一把偌大无比的推子，一下就把它们推成了光头……

花栎山上，那成百个小土炉，它们也不咀嚼了，也不咂嘴了，也不伸出它们的火红的舌头了，无声地饥饿地寂寞地蹲在那里，无精打采，在它们身旁，是一堆堆烧结铁和炭灰的垃圾……

"花栎山钢铁基地"，用红土写的这七个大字，模糊了，看不真切了……在这几个大字的下面，有几泡人的粪便，真怪，那却是可以看得很真切的……

纸写的标语，到处飞舞着，好像彩色的雪片……

他，年轻时的贾青，垂着手，佝着腰，像个老汉……

这座土炉前，那座土炉前，怎么到处都是这个垂手佝腰的老汉样的贾青呢？ 垂手佝腰，那眼睛却是红的，像是正在争斗的雄鸡的眼。 垂着的手，突然变成了雄鸡张开的翅膀，长着贾青年轻时面容的无数雄鸡，互相争斗起来，那鸡冠上滴着血……

"啊——！"

"丁零零零——丁零零零——丁零零零——"

贾青自己也不知道是被自己的喊声还是电话铃声惊醒了。他擦亮了根火柴，点亮了煤油灯，看了看表，凌晨四时二十五分。

这么早？谁要电话？他拿起话筒。

"打搅你的好梦了。你是老贾吗？"是甄山的声音。

"你怎么知道我做梦？什么好梦？噩梦！"

"那就不是打搅，是把你从噩梦中唤醒了。我怕早晨不好找你，你又颠到别的地方去，所以现在要你。"

"有什么要紧的事吗？"

"我想跟你共进早餐。"

"嘿！多重要的事！共进早餐！真会开玩笑。我今天正想回公社，四望山这里有问题呀，问题不小呢。有什么好吃的吗？"

"我去四望山，你等着。早饭派在一个叫崔志云的后生娃家里吃。昨天早晨他就要我到他家吃早饭呢。"

"昨天早晨？崔志云？"

"嗯。你早一点跟他们说叫人家下上咱的糊汤。小马也去。我们早饭前到，你等着。"

"那好。叫小马带上检讨来。"

可是，那边的电话已经挂上了。

贾青放下话筒。 睡不着了。 抽烟。 他尽力不去回想那梦。 他在琢磨公社书记马中骏，娃倒不能说不是好娃，有才能，有干劲，可是，那思想……四望山的问题不就是他的思想的表现吗？ 咱们的谈话还没完呢，今天接着谈。

四、春天，清晨，在山上，
在河旁，在田野，在农舍里……

林子里，鸟儿们在歌唱，鸟儿们在舞蹈，鸟儿们在谈情说爱。 这是它们的天地。 崔志云跟在沙打旺的身后，一人扛了把挖锄，他们的腰间，左右还各别了把柴镰和麦镰。 他们在巡查他们的林子。 这也是他们的天地。

"他就是贾书记呀？ 这个贾书记好凶啊。"

"他还没睡醒呢。"

"有意思。 真书记竖牌，假书记拔牌。 这真假二书记还就是两样。"

"是有意思。 从一样到两样，这位睡醒了。 那位还发呆怔呢。"

沙打旺停下脚步，拔出柴镰，修了修一棵望春花树的树枝，把一对正在这望春花树上谈恋爱的画眉鸟惊得飞走了。树枝上洒落下几滴露水。

"咋办？ 打旺叔，说是还要撤你的职呢。"

"我是啥官？ 林业部长？"

"也算是吧。 四望山国的刚复职的林业部长。"

"啥部长？ 沙部长！"沙打旺自问自答，挺了挺腰板，想尽力做出从电影上看到的大干部的样子来。 他用胸音哈哈大笑，把整个林子都震荡得轰鸣起来。

"沙部长，"崔志云当真叫了起来，"要是把你撤了，我也不干了。"

沙打旺回头看了一眼崔志云，又回过头来，往前走。

"还想叫我跟树打第二次离婚呀？"

他又在一棵白皮松树前站住，挖那树周围丛生的杂树毛。 崔志云也打着帮手。 挖好后，沙打旺还拃了拃这树的粗细，估量了估量这挺拔的白皮松的身高。

他们走到了一块开阔地，光线陡然亮了起来。 沙打旺又站住，他就站在那里说：

"那得要问问咱的婆娘娃子们啊。 看他们愿意不愿意。"沙打旺说着，还用右胳膊从外到里画了个弧形，好像一下把婆娘娃子都搂在了他的怀抱里。

崔志云乍没听懂，他上前一步，侧过头看沙打旺，看见在明亮光线下沙打旺的充满了男子汉大丈夫的柔情的眼睛，那正是婆娘娃子的丈夫的和父亲的抚爱的眼睛，而婆娘娃子们呢，分明就是这老汉目光所及的、他正在看着的那些树嘛。 崔志云这才心领神会，这句话是老汉自己对自己方才那句问话的回答。 他自问自答。

从这块开阔地往南，是一座陡峭的山崖，叫作铁尺曼，翻过铁尺曼有一道沟，那里有野生的肥美的山韭菜。 这里的人们都把这道沟叫作韭菜沟。 翻铁尺曼是要一点真功夫的。山里人也没有测量过，说不出这铁尺曼的坡度是多少度。 那情景是：两个人爬铁尺曼，后人的头是在前人的脚下的。 还是按照这样的序列，沙打旺在前，崔志云在后，他们翻铁尺曼。 他们到韭菜沟去割山韭菜。 沙打旺记住自己的诺言，给林业法庭的两位准备下头菜的鲜嫩的山韭菜。 "说不定他们今天就要来查我的案子呢。 我的案子？ 真有意思。"他虽被传讯，心里反倒快活。 就好像是有了这林业法庭，这山林，他本人，都有了保佑平安的菩萨了。 崔志云得到通知，说贾书记们派在他家吃早饭，要他家多下三个人的玉米糁糊汤。 他对这位命令拔出花栎山下文物保护牌，又要撤换打旺叔的贾书记，一肚子意见，老大不高兴，想给顶回去，不管饭；又问了问除贾书记外还有甄书记和公社的马书记，他才痛快地答应下来。 没菜，那就去割山韭菜吧。 他们带的麦镰，就是割山韭菜用的。

他们多转了六七里路，从韭菜沟转了出来，转到了蛇尾河旁。 他们把系在锄把上的那捆山韭菜解下来，在清澈的蛇尾河水里淘洗了淘洗。 从踏石过了河，就是他们的四望山村子了。 河岸上，一百零八棵油桐树苗整齐地排列着。 这是他们在三月三十日后晌和三月三十一日，费了一天半的工夫移栽好的。 他们查看了一下这些树苗，好像将军检阅自己的士兵。 个个挺拔健壮，没有什么问题。 朦胧星光下，他们就是从这里过河去河对岸的羊头山的。 崔志云眼尖，发现朦胧中一个黑影，正在沿着那树苗往远处走，他曾问了声"谁？"那黑影没应声，仿佛紧走了几步，就消失了。 崔志云嘀咕，是否有人搞破坏。 实际上，沙打旺的老护林员的眼睛更尖，他不但看到了那黑影，而且看到了那是个拐腿的黑影。 他们回程时，在阳光下，特别查看了一下。 还好，完好无缺。

"打旺叔，你也算是个糊涂被告。 啥毁林案？ 这油桐树苗不都在这里吗？ 你跟法庭一说，不就完事了吗？"

"我想掂这壶。 人家不提这壶。 不提不说，还拦着挡着。 老提啥动机目的。 糊涂被告遇到了糊涂法官，玉米糁糊汤，糊涂一锅。"

"还害得要人家跑一趟四望山。"

"那能怨我吗？ 该他们调查调查，研究研究。 该我招待人家吃头茬山韭菜。"

"这个告状的也是。 你告，也得先调查调查，研究研究嘛。 谁告的呢？"

沙打旺心里清亮，不说。 却说：

"总是关心林业关心绿化的人吧。"

从河岸往上上几级台阶，就到了田野。 麦田绿油油的。麦田的田头，这里那里，堆放着小堆的草木灰，准备追施在麦田里，攻籽用的。 没有人在追施。 春地，有的翻耕完了，有的翻耕了一多半，有的翻耕了一小半，都撂在那里，没有人的吆喝声，没有牛铃的响声。翻耕好的春地的地头，是粪堆。没有人送粪，田野里静悄悄。他们不由得有些惊异地看着这静悄悄的田野。

井台上排大队，好像全村人都拥到井台上来挑水了，好像在开井台会。果然议论纷纷。他们路过那里时，听到了几句：

"咱又走到复辟倒退的资本主义邪路上去了，多亏贾书记英明伟大，及时挽救了咱们呀。"

"马书记叫包。贾书记不叫包。一个将军一道令。谁的官大谁是真理。"

"共产党的政策。你知道啥叫共产党的政策吗？"

"我知道。就一个字：变！"

在发牢骚说怪话呢。他们明白了，为啥田野里静静悄悄，井台上热热闹闹。原来都是因为昨夜晚那个干部会上贾书记的大发雷霆。肉电话也快呢，全村人都知道了。

"嗬，看这林业上的一将一兵，一早就割回一捆山韭菜呀，拿到卧虎镇街上可卖大价钱喽。"

有人在井台上往他们身后送过话来。脚步未停，崔志云扭过头嚷了声：

"是喽，十块钱一斤！"

村子里正炊烟四起。

　　林秀水这天清晨到四望山来得早，当然是来调查核实所谓沙打旺毁林案的。她找到大队，值班的大队会计说崔志云跟沙打旺上山去了。就先找乔三元，他对沙打旺的情况比较了解。大队会计正领林秀水要去找乔三元，出得门来，见乔三元邻居家一个女娃，就说："你领林姨姨去找你乔伯伯。"那个十三四岁的女娃，把林秀水领到有一棵杏树和一棵桃树的农家院子里。杏花正在开。桃树也有了骨朵。那女娃对正在出猪圈的一个中年汉子说：

　　"乔伯伯，有个林姨姨找你。"

　　乔三元打量了一下林秀水的装扮和她挎的黑色人造革挎包，麻利带着两腿猪粪跳出猪圈，把粪叉插在已出了圈的粪堆上。他前些时曾给《奔流》编辑部一信，讲到要写一个以林管员为主人公的短篇小说，编辑部复信说，对这篇小说很感兴趣，最近将有一位林同志去你那个地区组稿，到时要去看望你，并在一起研究一下素材和构思。他以为这就是那位林同志来了。

　　"啊，林同志，说来可就来了。请当堂坐。"

　　乘乔三元到灶屋里洗手脚的工夫，林秀水打量了一下这间当堂的陈设。与一般农家不同，收拾得挺干净。正面墙上，也没有挂领袖的标准像，却挂了一幅精工裱好的书法，隶书，写的是鲁迅的名句："横眉冷对千夫指，俯首甘为孺子牛。"条几的一端，整齐地摞着一摞文学期刊，她翻了翻，有《人民文学》《收获》《奔流》等等。《奔流》是省里出的刊物，她常看，里面写农村生活的小说不少。 她信手翻了翻新近一期的《奔流》，看到首篇是题为《三色旗》的一个短篇小说，署名乔三元。 她想起来了，这篇小说她看过，还是从王小锁那里借来看的，小说写的是一个坚持实事求是的生产大队，在"大跃进"、"四人帮"统治和三中全会前后三个不同的历史时期，怎样经历了白旗——黑旗——红旗的历程的。 人物生动，生活气息浓厚，语言幽默，给她留下很深的印象。 原来就是这个正在出猪圈的乔三元写的。她想起来了，她到山阳县工作以后，曾听说过这个县有个姓乔的农民作家，好像也听王小锁说过，但没见过，没想到就是他。

乔三元换上了干净的衣衫，和一个妇女一起到当堂来，那妇女还端着碗，那碗里是荷包鸡蛋，还冒着热气。 乔三元给她介绍：

"这是林同志。 这是，按城里人说，就是我爱人。 照咱山里人说，就是我婆娘，娃子他妈。"

那娃子他妈，近五十岁，还眉清目秀，她把那碗荷包鸡蛋递给林秀水：

"他林婶，先喝碗鸡蛋茶。"

林秀水知道这是山里人待贵客的习俗礼仪，连忙接住。她喝过这种鸡蛋茶，共有四个荷包鸡蛋，放了许多糖，过于甜了点。

不喝，是对主人的不尊重。 她还知道，可以喝完，也可以不喝完，吃上一两个荷包蛋，喝上半碗茶，也可以退碗，主人也不会见怪的。她喝鸡蛋茶，乔三元坐在她对面，一下就开始了正篇：

"我要写的这个林管员的故事，在给编辑部的信中，已经把它的人物、故事梗概、主题思想，都讲了。人物是有模特儿的，有原型的，就是我们大队的沙打旺。我把这个人物的原始素材讲给你听听，你再给出出主意。"

正在喝鸡蛋茶的林秀水，眨了眨眼，心想，坏了，这位农民作家误把我当成什么编辑部的编辑了。是不是要声明一下呢？但又一想，反正他是要讲沙打旺，反正我是要了解沙打旺，也许从这个角度谈起来，更自由些，更方便些，更真实些。于是，她又眨了眨眼，还调皮地笑了笑，说：

"那好，最好把素材摆得充分些，详尽些，然后再讲你的构思。"

只见乔三元把小桌上的烟袋拿起，装了袋烟，吸着，沉默地凝视着自己喷出的烟雾。他在凝思、聚精会神。

"他是一个孤儿。十四岁起，他就给地主看山。也叫看坡。就是看山上坡上的树林子。小长工。咱们这带山区四九年解放时，他二十八岁，已经看了十四年山，和山林一起生活了十四年；不仅是山林，山林里是有野兽的，有老虎、山混子、豹子。豹子，我们这山里管它叫老八子。他给地主看山，地主管他吃穿。在山上，砍几棵树，搭一间屋，他就住在山上。除了隔个月儿四十下山背一趟粮饭，就不下山。 什么逢年过节，他都是在山上他那间木屋里过的。他没有亲人嘛，孤独而寂寞。

　　"我们这一带山上，树木的品种可多呢，也算得上是个小植物园了。 你要是能多住几天，我们可以上山去跑跑。可惜现在品种不那么多了。 那时，用材树种有花栎、青枫、红椿、白椿、山楸、枫香、枫杨、紫檀、黄檀、马尾松、白皮松、杉木等等；经济树种有油桐、木籽、漆树、望春花、玉兰、杜仲、核桃、板栗、杨桃等等；灌木丛有白鹃梅、杜鹃花、闹羊花、紫葛、黄瑞香、矮地花、头痛花、老母鸡窝等等；烧柴树有黄绿柞、荆木、胖婆娘腿，多了。 这胖婆娘腿，名字叫得怪吧？ 不好烧，又不起明火，又不耐烧，打柴人都不愿要它。 还有草本和林下植物，也是名堂多喽，兰花、玉簪、天麻、八角莲、银莲花、七叶一枝花、石蒜、黄精、王竹、穿龙薯芋等等。 我也认不全。 据说有一种树叫作鸿雁传书，它的树叶可以当作纸用，沙打旺给我捎来过几片树叶，我始终没见到过这种树。 沙打旺，从少年时代到他的青年时代，就是和这些树，和在这山林里出没的野兽打交道。 人总要说话，他和谁说呢？ 和那些哑巴树说。 实际上，当然是自说自话，自问自答。 这么长时间的相处，他对与他相处的那些树是有感情的。 有些树是他看着长大的；有些树是他栽种的。 他还会唱，是我们这带山区流行的靠山红调，用假嗓子把声音挑得很高亢，高八度。 也不知他跟谁学的，就会两句：清明哎时节哟雨纷纷啰，看我呔大山啰处处青哎——他不用假嗓子，就用真嗓子，胸音，厚实，胸臆之音，如铜钟轰鸣。谁给了他这副好嗓子？是山野吧？是山野中未被污染的空气吧？我敢说，他这副嗓子，即使参加世界男高音歌唱家比赛也不会逊色的。可惜，他算不上什么歌唱家，他就只会那么两句。不管清明不清明，不管雨纷纷不雨纷纷，不管十冬腊月，不管五黄六月，一张口就是那么两句。有时候，在夜色未退的清晨，在更深人静的时分，在村子里能听到他在山上唱。他为什么要唱呢？大约是孤独和寂寞吧？大约是要告诉山林，告诉在山林中出没的野兽，告诉村子，告诉世界，他沙打旺的存在吧？不论是夜色未退，还是更深人静，我都听到过从大山上传来过他的歌声，叫人以为那是从神秘的星空洒落下来的。"

说到这里，乔三元停了下来，又吸了袋烟，看着自己喷出的烟雾，他大约在回味那仿佛从星空洒落下来的歌声吧。林秀水也被乔三元的叙述带到沙打旺的生活情景中去了。她凝神静听，一句话也不插，有时还在本子上迅疾地记下一点什么。

"我是不是太絮叨了，林同志？"

"很好，很好，就请这样讲下去。"

"四九年解放时，他二十八岁。村子里建农会，搞反霸斗争，请他下山来参加。他下山了，世事不懂，不懂得阶级，不懂得剥削，可以说没有什么觉悟。我算有点文化的，反霸工作组的道理，我当然懂得，我就用学到的东西开导他。 他也就逐步觉悟起来。 这里面当然也还有许多细节，不多说了。 土改了，分给了他一份儿土地和两间屋，他在村子里住了下来，和人们相处了。

"他有了土地，但是不会种地。 可笑吧？ 农民不会种地？ 有这样的事？ 农民也不是天生会种地的。 沙打旺十四岁上就去看山，在山上过了十四年，他没种过地，不会。 他在村子里住了两年，两个春种秋收，才学会了种地的种种把式。 一九五一年，他三十岁，才高兴咪。 有人给他说了个二婚头的女人，三十二了，比他还大两岁。 二婚头，就是已经嫁过一次人的女人。 这个女人的经历也可以说上一大篇，咱们且按下不表吧，有机会以后再补说。 一个三十岁的光棍汉，还要咋着？ 还想找个黄花闺女？ 二婚头的女人也好嘛，大两岁又有啥？ 从此，有人给他烧锅燎灶了，有人给他浆洗缝补了，有人跟他说话了，有人爱他疼他了，有人给他生娃了。 他对自己的婆娘也知冷知热，生怕她累着，挑水、推磨、舂碓，一些重活全不叫她干。 一对恩爱夫妻，在分的两间屋四周，垒了圈土墙，在院子里种上了桃树、杏树、柿树、核桃树，还种了巴掌大一片菜园，专种葱韭姜蒜，那婆娘说：咱那人专爱吃这号带辣味的。 还垒了间灶屋。 猪圈、鸡埘也都有了，算是有个家了。 过起日月来。 那婆娘勤快，半夜还听见她的纺车嗡嗡响。 沙打旺的穿着也干净支棱起来，头是头，脚是脚。 她没带儿女来，村里人原以为她不会生养呢。 谁知，成亲的第二年，她就给沙打旺生了个娃。 是女娃。 夫妻两口欢喜不尽，真是捧到手上怕掉了，含在嘴里怕化了。 耐烦不够，疼爱不够。

"我们这里，一九五三年办起初级农业生产合作社。 沙打旺愿意去当合作社的看山林的人。 大家也觉得他最合适。 从那以后，村子里又不常见沙打旺了。 他上山去了。 开始是早出晚归。 后来，有时就也在他原来看山的那间小木屋里过夜。 一九五五年，我们这里建立了高级农业生产合作社，沙打旺当选为林业委员，实际上就是林管员吧。 他把那间小木屋修补了修补，把婆娘女娃都接上了山，在屋前开了片荒地，一家人厮守在一起过日月。 他把合作社的林业搞得兴旺发达，很有成绩。 县里开劳模会，他被评选为特等林业劳动模范。"

说到这里，乔三元又停住了。 沉默了有吸袋烟的工夫。但他并没有吸烟。

"那一年，就是一九五六年吧，腊月间，阳历就到了一九五七年的元月间了。 腊月二十几，快过年了。 合作社原来说，像去年一样，接他们全家下山来过年，在村子里和人们一起热闹些时，过了正月十五再上山。 不巧，落了大雪，大雪封山，山路很不好走的。 沙打旺决定，这年不下山了，就在山上过年。 他自己下山来办年货。 傍黑时，他挑着年货上山，回他的小木屋，回他的家去。 他家门前的高地上，有老虎的杂乱的爪印，门大开着，他的婆娘躺在地上，她的咽喉被老虎咬断，血已经凝固了。 他的女娃，他的四岁的女娃，那女娃的名字叫林，沙林，不见了。 他发疯样循着老虎的爪印去追寻，在高坡上，他找到了女娃的尸体的碎片。 找了块高地，他把婆娘女娃埋葬在一起了。 背上猎枪，他找那老虎去复仇。 他知道那老虎的洞穴。 他摸到那洞穴。 老虎不在，有只刚落生不久的虎崽。 他就把那小虎崽抱回到他的小屋里来。 那天，也是傍黑时，老虎跑到他木屋外吼叫，撞门。 沙打旺正等着它来，他瞄准了它，只一枪就把它打翻在地，又补了一枪，那老虎就不能动弹了。 他把那虎崽也击毙。 正好，二对二，复了仇。 随后，他一把火把那间木屋烧成了灰烬。 他是想把他的痛苦记忆也烧成灰烬吧。 不知道记忆这东西能不能烧掉？

"这件不幸的事情发生之后，合作社怕他经受不了这刺激，动员他下山搞农业活，在村子里住，和人们在一起，也许要好些。 他不，只是在另一座山上另搭了间小木屋，依旧当他的林管员。 他是舍不下那些树吧？ 他是要对得起戴在他林业劳模胸前的那朵红花吧？

"好久没有听到那像从星空洒落下来的歌了。 有天夜深，我又听到了这歌，从星空洒落下来。 只是，很有些悲怆的。 可见，记忆是不那么容易烧掉的。

"日子就这样过去，像我们村旁的蛇尾河水，流淌着，不分昼夜。 那记忆中的伤痛，也会结痂，也会平复的吧。慢慢地，那歌的悲怆的调子逐步淡了。 他把对婆娘女娃的感情，也倾注到树木森林中去了吧。 林业旺盛发达，作为林管员，他的工作是无可挑剔的。 到了一九五八年，也是冬天，全民大炼钢铁，我们四望山成了全县的炼钢基地，大本营就扎在花栎山上。 钢铁大军来喽，千军万马，砍树，垒小土炉。 沙打旺也来了，他心痛啊，那心痛不下于老虎吃了他的婆娘娃子吧。 他扬起镢头就扒一座小土炉的根脚，那土炉当然是倒塌了。 这场冲突，失败的当然是沙打旺，他当场被捕，以破坏大炼钢铁罪被判了三年徒刑。 就是为了这些树，他把婆娘娃子搭进去了，把自己也搭进去了。 他去服刑去了。

"一九六一年，他刑满释放回来。 那正是三年困难时期，他的脸、腿，和我们村里人一样，浮肿着。 他回来，先上了花栎山，就在那里号啕大哭。 村里人闻讯去花栎山上劝解他，我也去了。 一个男子汉大丈夫的号啕大哭，听了真叫人心酸啊，我也忍不住陪着掉泪。 当时，我心想，他失去婆娘女娃时，也是这样号啕大哭的吧？ 他终于在人们的劝解下，回到了他那土改时分的两间屋。 院子里蒿草齐腰深。屋门被蜘蛛网封住了。 没有亲人，冷锅凉灶，没有烟火的两间屋。"

乔三元哽咽了下。 他想吞下那哽咽，不防泪水却流下来了。 林秀水眼睛也湿润着。

乔三元又装上袋烟，吸着，他显然想使自己的感情平复下去。

"村里人怜惜他，虽说大家也都困难，左邻右舍还是给他掐来了柴火，舀来了粮饭。 虽说他还戴着现行反革命分子的帽子，可是，我们四望山村里人不管，我们心里自有一杆秤，我们对沙打旺是看得透亮的。 他不就是为了树吗？ 队里还是派他参加林业劳动。 社员总要干活，才能挣工分，才能吃饭。 当然，他不是林业委员了，是林管员了，更不是什么林业特等劳动模范了。 他是一个戴着帽子被监督劳动的人。 他也并不计较这些。 谁也没有监督他。 沙打旺的劳动是用不着监督的。 十几年来，我们这一带的山又开始绿起来，这里面是有沙打旺的汗水的。

"大体的素材就是这样。 我给编辑部写信，就是想根据这个素材写一个林管员的故事。 近来，这个生活素材又有了些新的发展，因此，我又有了些新的想法。 咱们一边吃饭一边说吧。 请沙打旺也来吃早饭，你也认识一下我这位模特儿，好吗？ 他是我的好朋友。"

林秀水合起了本子，把它放在挎包里，向乔三元说：

"谢谢你，老乔。 我听到了一个生动感人的故事。 我很抱歉，我得向你声明，我不是什么编辑部的林同志。 我是林业法庭的审判员林秀水。"

乔三元瞪大了眼，一时什么也说不出来了。

"我是因一件案子来找你了解沙打旺的情况的。 这件案子想必你已经知道。 当你误把我当成一个编辑来介绍沙打旺的情况时，我想或者你这样谈更方便些，真实些，因此，我就……"

乔三元瞪大了的眼眯缝起来：

"懂了，懂了，林同志。"

"真是对不起。"

"林业法庭的林同志，我也欢迎喽。我这个人真粗心！耽误了你这样多时间。我讲的沙打旺的情况，不一定是你需要了解的吧？你还想问什么呢？请问就是。我这个人，不论怎样谈，都要讲真话的。还要不要请沙打旺来一起吃早饭呢？不方便了吧？"

"当然要请他来。沙打旺还说好要请我吃头茬的山韭菜呢。"

"这倒听他说了。他今天一早就去韭菜沟割山韭菜了，就是为你准备的。那我就要娃去叫沙打旺过来，就说你在这里，他一定会把山韭菜拿来的。"

"好。关于沙打旺的情况，还有一点要问一下，就是花栎山上那一百零八棵油桐树苗……"

乔三元截住了林秀水的话，说道：

"移栽到河边了。那花栎山上的油桐树苗，是崔志云栽的，沙打旺不知道。他当了林管员，就和志云那娃商量，把它们移栽到河边去了。意思是三几年不想绿化这花栎山，叫人们看看，记住这个历史教训。他跟我说过这个意思，我还出了主意：竖一块文物保护牌。志云还写了个解说词，还是我修改的。昨天贾书记来了，叫把那块牌子拔掉了，还要撤掉沙打旺。贾书记恐怕不知道，那块牌子还是甄书记帮助竖的。"

"啊，是这样。 关于沙打旺的情况，全部清楚了。 文物保护牌，真有意思。"

林秀水从挎包里拿出那封匿名告状信的原件，让乔三元看。

"你能认得出来这是谁的笔迹吗？"

乔三元看了看，又交给林秀水。

"认识。 是陈双喜的娃陈元禄写的。 这封信的副本，我已看到过。 还有那个传讯记录的抄件。"

林秀水惊讶地看着他。

"我是耳听八方的啰。"

"你怎么会看到呢？"

"是你们法庭的王小锁拿给我看的呀，昨天下午。 这娃是个文学爱好者，也在鼓捣写小说，你不知道吗？ 他有时到我这里来，有时也就顺便送我一点素材。 保密吗？ 你不反对吧？"

林秀水先是笑了笑，沉吟少顷，才说：

"一般情况，在未结案前，这是不允许的。 当然了，对你这位作家，倒也可以破例。"

"那真要感谢你的信任了。 关于这件案子，我看法庭也不必从另一角度来追查原告了。 我来讲一讲他们之间的关系。 简单说，就是沙打旺去扒土炉，陈双喜和人们一起去阻挡他，土炉倒塌时，双喜躲闪不及，腿被砸残废了，如今还拐着腿。 就为这事记下了仇。 追查，也问不了诬告罪，反而加剧了他们的矛盾。 我和双喜也还能说说话，也正准备解解他们的疙瘩，这事情就由我来做。 你看好吗？"

林秀水想了想，点了点头。

女审判员现在心头升起一个强烈的愿望，就是立即着手去甄别复查沙打旺一九五八年一案。

说话间，院子里响起了沙打旺那洪亮的声音：

"说来还真来了。 说话算话！ 他婶子，烙韭菜鸡蛋盒子呀，咱要好好招待人家法官女娃。"

乔三元和林秀水闻声连忙迎到当堂门口，看见沙打旺正一手抱一捆山韭菜，一手提一兜鸡蛋，往灶屋里去。

五、意见摆在共进早餐的桌面上。

"诸位观众，现在大家所看到的花栎山，是没有一棵花栎树的花栎山。 那满山的花栎树到哪里去了呢？ 它们被这些小土炉吞没了，化成灰烬了。 这里，就成了一片废墟。好像一片古战场。 这是一九五八年的产品，是一九五八年的历史遗迹。 一九五八年到现在，二十一年过去了。 又一代人长大成人了。 新的一代的人们，对那段历史是陌生的，他们不懂，不理解、不知道为什么要把满山的树砍掉、烧掉、化成灰。 因此，我们四望山大队认为，有必要把这个历史遗迹作为文物保护单位保存，当然是有限期的保存，让今天的一代人看看山林遭到破坏后的具体形象。 老一代人，在这个具体形象面前，也就会沉痛地重温那一段他们曾经经历过的历史。 我们希望新一代人学习这段历史，老一代人重温这段历史，两代人都不要再干这种破坏山林的傻事。 这就是我们把这个没有花栎树的花栎山作为文物展览的目的。

"总结历史。 但是不要去责难和苛求历史。 历史总是曲折的。 因为那是一代人的探索的道路。 道路从来没有笔直的。 一九五八年的全民大炼钢铁，就是一种探索。 探索的结果，大家已经看到，就是这眼前的花栎山。 在我们祖国九百六十万平方公里的广大土地上，有多少这样的花栎山呢？ 有谁知道？ 探索出现了曲折。 我们希望新一代人认识这种曲折，老一代人面对这种曲折，两代人都能从这种曲折中学得比较聪明起来，使我们今后的路不再重复这种曲折。这就是我们把这个没有花栎树的花栎山作为文物展览的目的。

"种树吧，让森林覆盖我们的山头；种树吧，让森林覆盖我们的大地；种树吧，让我们的江河两岸绿意葱茏；种树吧，让我们的城市街道成为绿色的长廊。 绿，是色彩中的诗。 森林，是生态平衡之王。 种树吧！"

趁饭菜还没有端到桌上来的工夫，甄山请崔志云把那个文物保护单位——花栎山的解说词念了一遍。 说是昨天早晨误了这一课，今天要补上。 崔志云是个聪明透亮的后生娃，他懂得这信息，知道甄书记想要干什么。 他有点激动。 他找来那解说词，就站在那里念，面对他的这三位听众，如同正式解说，他尽力把这篇经过乔三元修改润色的解说词，念得有感情色彩，抑扬顿挫。 开始，他还观察他的听众，特别是贾青的脸色，贾青在抽烟。 烟雾遮挡住他的脸，看不清他的脸色。 后来，就沉浸在解说词中了。 最后一段，他是用朗诵诗的语气念的。

"怎么样？ 诸位观众，有何感想？"甄山问，观察着贾青，贾青依旧在烟雾之中。

马中骏要来那解说词，又看了一遍，发表感想：

"简直是一篇绝妙的绿色宣言！ 是乔作家的作品吧？在你们四望山，我看只乔作家有这两把刷子。"

"我起的草，乔叔改的。"崔志云答道，还在看那烟雾中贾青的脸。

"问题讲清楚了。 也有分寸。 文采也好。 我看不错。"甄山讲了四个短句。

烟雾中的贾青，感想是颇多的。 他们刚刚在崔志云家里会面，还未来得及接触，没有来得把四望山的问题，包括这个啥花栎山文物保护单位的问题摆出来，还没有来得及与马中骏谈话，让他就四望山的问题做检讨，就又出来了这个解说词！ 我怎么不知道还有这个解说词呢？ 酸秀才做的酸溜溜的文章！ 可他这个小马，还说是什么绝妙的绿色宣言？老甄也是赞不绝口。 老甄是真的不知道我昨天做的决定？还是……什么共进早餐哟？ 玩鬼！ 明明是叫来听这篇酸文章嘛，还半夜打电话来，还指定要在这个崔志云家吃饭。 老甄啊，也有那么一点什么情绪不对头呢……

贾青扔掉烟头，转向马中骏：

"我昨天来，发现有三个问题，都是带有原则性的。 第一个问题，这里搞了包产到户；第二个问题，任用了还没摘帽的反革命分子沙打旺当林管员；第三个问题，就是要搞什么文物保护单位，还插了牌子。 这三个问题，他们大队事前向公社请示过吗？"

马中骏答道：

"前两个问题，四望山大队向公社报告过。 后一个问题，是昨天才听说的。"

"那就是说，公社党委和你本人都是同意的啰。"

"党委议论过，同意。 沙打旺的问题，我做一点说明，他们大队在任用他当林管员时，有一个关于摘掉他反革命分子帽子的请示报告，公社党委也已批复同意了。"

"像包产到户这样带有方向性的问题，为什么不报告县委？ 马中骏同志，你不要以为，三中全会是不要社会主义。从右的方面去理解三中全会的精神，就大错特错了。"

"我们公社党委没有认识到这是方向性问题，所以没有报告。"

饭和菜端上来了。 主食是花卷馍、纯玉米糁稠糊汤，菜是山韭菜炒鸡蛋。 年轻的主人想缓和一下这僵持的气氛，给客人拿馍，端汤，让菜，还笑着说着客气话，饭食粗糙，又没有菜，真是对不起，等等。

甄山拣过来这话头，发挥起来。

"也可以了。 这是待客的啰，专门做的。 我知道你们平常吃的什么，春天时候，青黄不接时候，就是红薯干稀糊汤。 没有馍，也没有菜。 是不是？"

"春天时候，不都是这？"

"我们大喊了许多年社会主义，大干了许多年社会主义，回头一看，不妙了，还是红薯干稀糊汤。 我就有一点觉悟。 是三中全会帮助我有了这一点觉悟。 这种喊法，这种干法，值得研究喽。 要使农民每天早饭都有馍和炒鸡蛋，恐怕用得上孙中山先生那句话：革命尚未成功，同志仍须努力。"

马中骏也是个聪明透亮的人，他猜到甄山下面还有文章。

果然是。 吃了两口馍，夹了块鸡蛋，喝了口糊汤，那文章又继续做：

"社会主义不仅是喊在嘴上的口号，也不仅是写在纸上的标语，它应当是实实在在的物质的东西。 五八年时，我们许过这个愿，吹过这个牛：按人口平均每人每天多少鸡蛋，多少肉类，多少牛奶，多少水果，多少糖，多少蛋白质、热量、维生素，等等，结果是没有兑现，反而勒紧裤带度过了三年经济困难时期。 愿没有还，以后也就不提了。 后来流行的口号是：大干社会主义，大批资本主义。 证明批错了嘛。 还有：只能干社会主义，不能吃社会主义。 这个口号我也喊过的。 现在我就想，为什么只能干，不能吃呢？ 不吃，能干吗？ 人是铁，饭是钢，一顿不吃就发慌。 起码的唯物主义常识嘛。 又干，又吃，又吃，又干，才越干越有劲头嘛。 社会主义应当放到农民的饭桌上来，可以看得见的，可以摸得着的，可以咀嚼的，可以品尝的。 社会主义应当越来越显示出他的优越性来。 我们中国的农民最终应当比那些在资本主义统治下的西方农民生活得更好些。 为什么不行？ 我们是社会主义嘛！ 是谬论吗，老贾？"

"我不主张对我们党的历史妄加评论。 对于社会主义这样一个严肃的政治问题，我也反对把它庸俗化。 昨天夜晚，我给他们大队干部开了个会，做出了两项决定。 一是包产到户立即刹车回头；二是撤掉沙打旺林管员的职务。 至于那个什么文物保护单位，我已经叫他们把牌子拔掉了。 沙打旺的摘帽问题，在正常情况下，是可以的。 和这个什么文物保护单位的问题连在一起，我认为应当重新考虑。 在光天化日之下，公开地展览我们党在历史上的缺点，损害我们党的形象。 作为负责的共产党员，我们能够容忍吗？ 我不能容忍。 沙打旺他们的居心何在？ 难道不值得研究吗？ 我认为这是带有政治色彩的一个事件。"

甄山用一种叙事的调子说：

"昨天下午，沙打旺被林业法庭传讯了。 因为有人告状，告他毁掉了花栎山上一百零八棵油桐树苗……"

贾青打断他：

"还有这样的事？ 看看。"

崔志云解释：

"啥毁林？ 诬告！ 是我和打旺叔把那些油桐树苗移栽到河边去了。 不信，你们去查，一百零八棵，一棵也不少。"

"这就清楚了。"甄山继续说，"我看过那个传讯记录，沙打旺在回答法庭提的问题时，也讲了他的居心，和崔志云刚才念的解说词是一致的。 当然带有政治色彩，还是希望我们的党好，希望我们的社会主义事业兴旺发达。 这就是居心所在！ 我看是可以相信的。 我们的人民敢于公开地批评我们党曾经有过的失误，作为一个共产党员，我是感到鼓舞的。 这与损害党的形象无关。 这正是爱护党的表现。 与老贾的看法不同。 我是这样看的。"

贾青已经吃完。 他点燃一支烟，透过烟雾看甄山。

甄山还是用叙事的调子，继续说：

"昨天早晨，我也到四望山来过一次。 只爬上了花栎山，去看了那片，解说词中说得好，那片古战场。 说心里话，我是不愿意看到那种景象的。 那是一种痛苦的回忆。 可是，不知怎么一来，天不亮我就起床，就直往这个花栎山奔去。 就好像我从县里跑到卧虎来，第一件事就应该是去看这个花栎山。 我看到了它，我哭了。 我是个不怎么爱动感情的人，没办法，抑止不住。 我还在那里种了一棵小花栎树，那是从老树桩上抽出的一棵新枝，我把它折下来插在那里了。 我知道，它当然是不会成活的。 我为什么还要插上它呢？ 真难说得清楚。 好像是在寻求一种什么东西。 什么东西呢？ 向自己年轻时曾经有过的那个愚蠢而狂热的过去告别吗？ 追求一种什么新的希望吗？ 企图保持自己心灵上的一种什么平衡吗？ 后来，我下山，遇到了崔志云，他正在竖那块文物保护牌子。 我也不太懂，为什么要保护荒山？ 经过人家讲解，我才明白了。 我也起劲地帮助挖坑竖牌子呀。"

甄山也吃完了。 找贾青要了支烟。

"我们这顿早饭，恐怕是世界上最丰盛的一顿早饭。 意见把桌子都摆满了。 意见还有，摆不下了。 我从报纸上看到，世界上有些要人常有工作早餐、工作午餐，就是一边吃着饭一边谈工作。 我们也成了要人喽。 工作早餐结束。 争论还正在高潮。 老贾，我们另外找个地方吵去。 吵它个天朗气清。"

他们果然另外去找了个地方。 甄山提议上花栎山，贾青反对；贾青提议就在大队的房子里，甄山不同意。 于是，他们采取了个折中的方案，到蛇尾河边去走走。 他们穿过了静悄悄的田野。

"看到了吗？ 春日大忙时候，农民们在罢工呢。"

他们正下石阶往河岸上走去时，身后有人叫他们。 他们停步回头，见是林秀水急匆匆地走来。

"甄书记，贾书记，你们都在这里，太好了。 我正要找你们。"

"什么事，小林？"甄山问。

"请你们写证明材料呀。"

"写什么证明材料？"贾青问。

"就是沙打旺的证明材料呀。 沙打旺的情况我了解了，动人极了，我感动得都要哭了。 根据我现在了解的情况，沙打旺五八年一案，显然是冤案。 我这就回公社去，今天就乘头班车去县，去法院，去林业局，查找沙打旺的档案材料。这样好的林管员，不给人家昭雪平反，我这个林业法庭的审判员，就没有尽到我的职责。 是吗？"

林秀水的脚步富有弹性，几乎是跳跃着过了蛇尾河的踏石，往卧虎镇那条路上走了。

甄山和贾青在河岸散步，就沿着那引起一场传讯的一百零八棵油桐树苗旁边的小径。 甄山说：

"咱们个别谈谈心。"

"是该个别谈谈心了。"

"交换交换意见。"

"是该交换交换意见了。"

"我总觉得三中全会以来，我们的合作不是那么协调。老贾，你对我有什么意见？"

"当然有意见。 我发现自从三中全会以来，你的情绪愈来愈危险了。 你自己想一想，是不是从右的方面理解了三中全会的精神了呢？ 四干会上，你那个总结报告，引用了马中骏的错误的发言，什么反右派、'大跃进'等等，除了'文化大革命'外，我认为那是对我们过去的工作全盘的否定，是一种右的情绪的流露。 你对这种情绪加以肯定，怂恿了这种情绪的泛滥。 四望山大队的包产到户等问题，与你的怂恿是有关系的。 还有你在吃饭时讲的一些话，有些也是不对头的。 情绪不对头。"

沉默一会儿。

"还有吗？"

"老甄，对'文化大革命'前十七年的问题，我们要特别慎重，它和十年'文化大革命'完全是两回事。 对于十七年，中央还没有做出正式结论。 和十七年对着干，是'四人帮'的口号。 我们总该和'四人帮'划清界限吧。 我反对揭十七年中我们自己的疮疤。"

"疮疤。 我们自己的疮疤。 这么说，我们自己也是有疮疤的了。"

贾青没有吭声。

"老贾，还有吗？ 对我还有什么意见吗？"

"还有。 就四望山发生的几个问题，我批评马中骏时，你没有表态支持我的正确批评。 你显然是在纵容马中骏的错误。"

"正确与错误，都要交给实践去检验。 实践是检验真理的唯一标准。 我们讨论了许多时了。 我不支持你的批评，因为我认为你的批评并不正确。 我可以具体讲一讲你提出的四望山的几个问题。 花栎山的问题，我的态度很明确，不再讲了。 沙打旺的问题，是我安排林秀水去复查他五八年一案的。 我现在也认为，我们五八年对沙打旺的处理恐怕应当推倒。 包产到户问题，我看也应当尊重四望山的群众自己选择的这种实践。 没有离开社会主义道路嘛。 集体劳动并不是社会主义的特征。 奴隶制时就是集体劳动。 我觉得你对这些问题的处理莽撞了些，应该通通气，商量商量的。 你已经看到了，发生了不好的效果，春日大忙时候，地里没人干活。"

"你认为我全都错了？"

"你对四望山三个问题的处理都不正确。 我是这样看的。"

"沙打旺的问题嘛……"贾青开了个头，又打住了。 他大约还没有考虑成熟，没有想清楚。

"老贾，你还记得在牛棚里，你向我说过的那些话吗？ 我记得清楚的。 你说过：挺住，我们还会为党工作的，在死之前。 是啊，我们挺过来了，我们又为党工作了，我们还没有死。 我从来没有怀疑过我们对党的事业的忠诚。 '文化大革命'前的十七年，我们是在真心诚意地为党工作的，是真心诚意为人民服务的，是真心诚意地建设社会主义的。 我们的心肠是好的，是热的。 除'文化大革命'外，我们从来都是积极分子。 我现在想，真得感谢他们把我打成了走资派，住牛棚，靠边站。 要不然，我也可能又成为一个'文化大革命'的积极分子。 积极都好吗？"

贾青抽烟，没吭。

"三中全会组织工作着重点的战略转移，我认为不是简单地回到十七年。 十七年也是可以分析的，有成绩，有失误。 你刚才说过，我们自己的疮疤。 什么疮疤呢？ '左'的疮疤！ 是啊，我们自己也'左'得够可爱的了。 中央对十七年还没有做出正式的结论吗？ 实际上，许多问题已经接触到了，反右派斗争的扩大化，'大跃进'的失误，反右倾斗争的错误。 四清运动实际上是'文化大革命'运动的前奏和演习，把斗争矛头指向那么多的基层干部，又提出所谓整党内走资派这样一个错误的口号，会是正确的吗？ 所以我认为马中骏在四干会上的发言是可取的，才在总结报告中引用了它。 这不是对我们十七年的工作的全盘否定，是对我们自己的'左'的错误的自我批评。 这有什么不好呢？ 又怎么会是从右的方面去理解三中全会的精神呢？"

贾青不吭，抽烟。

"老贾，我们挺过来了，我们又为党工作了，我们还没有死。 可是，怎样才叫真正地为党工作，真该好好想一想了。 老贾，我们是没有死啊，还活着。 我也许有一点感伤，我五十五岁了，觉得自己的时间不是那么多了，还能为党工作多少年呢？ 总该做一点好事情吧。 我在山阳工作多年，山阳搞成这个样子，群众生活水平还是这样低，农民的平均劳动日值才只两角四分钱，还不够买一盒黄金叶牌香烟。一想到这些，我是很痛心的，就觉得欠了债。"

"林彪、'四人帮'的破坏，你我不必去为他们承担什么责任。"

"各有各的账。林彪、'四人帮'的账继续算。我们自己的账也不能赖着。我们自己的'左'的疮疤就真的那样可爱呀？为什么不能揭一下呢？"

贾青沉默着。

"对林彪、'四人帮'，我们是能恨得起来的。对我们自己的'左'的错误呢？那就是另外一回事了。我担心的就是这个。按照三中全会的部署，我们开了会，宣布了工作着重点的转移了。转移了没有呢？如果，我们不能和自己曾经犯过的'左'的错误决裂，我看，这种转移就难以实现。转移就只能是停留在口头上的。你说呢，老贾？"

老贾不说。

"因此，我有个计划，十号的常委会的地址改动一下，从我们那个小会议室里搬出来，搬到花栎山上来。让我们面对我们自己的疮疤。规模也扩大些，常委扩大会议，扩大到公社书记和县直各单位的头头。因为是在卧虎开，就请卧虎公社各大队的支书也列席参加。四望山大队的群众，也欢迎来旁听。议题，除我们原来议论过的，揭批查的遗留问题，农村经济政策问题，平反冤假错案问题，再加上一项议题：

生态平衡问题。 这个问题，我已请卧虎准备了个材料，后天他们就可定稿交来。 马中骏这个机灵鬼，他们搞这个材料已经搞了半年多了。"

"我反对！"

"我估计到了。 今天来四望山前，我和在家值班常委联系了一下，提出了这个建议。 我也说了，没有和你商量，估计你会有不同意见。 不过，我还是希望你支持我。"

"我不支持！"

"那就请常委的多数定吧。"

他们都沉默着了。 僵持的不愉快的沉默。 转身，往回走，准备回村子里去了。 迎面来了两个担着油桐树苗的人，一个是崔志云，那另一个，是沙打旺。 虽然二十一年不见，人老了，还是可以认得出的。 沙打旺放下挑子，站住，迎着他们，说："甄书记，贾书记，你们来了啊。 听说'文化大革命'中，你们遭了不少罪，受了不少苦啊。"

甄山不由得迎上一步，拉着沙打旺的手。 他感到那手还是二十四年前那个林业劳动模范的手，厚实而粗糙。 他拉着那手，什么话也说不出来。

崔志云就担着树苗停在那里。 他观察着贾青的脸色。他看到贾书记的脸部肌肉好像颤动了一下。

六、花栎山会议纪略。

这棵小花栎树长大了。一把粗，一人多高了。挺拔向上的小花栎树。这是可能的吗？不是说，花栎树插枝是不能成活的吗？即使就算出现了奇迹，它竟成活了。那么，从二日清晨到十日清晨，才只八天的时间，它能长得这么快，长得这么大吗？没听说过这样的速生木材。况且，花栎树根本就不是什么速生木材。这显然是从花栎树苗圃里移栽过来的。是谁移栽的呢？还用猜吗？还用问吗？为什么要把这棵花栎树苗移栽到这里呢？他们是否想，一个曾经毁掉这花栎山上绿色的希望的县委书记，又在这里栽种了希望，而希望，是不应该泯灭的，是应当长大的，长高的，是应当变得高大而粗壮，成为参天大树的。他们是这样想的吗？甄山站在这棵小花栎树前，看着这棵小花栎树，眼里升起一片云雾……他们的确是没有责难和苛求历史，对于那种由于探索而出现的曲折，他们的确采取了谅解的态度，他们是愿意和党一起重新栽种希望之树的，这是他们传递来的一种信息吧？是不是这样呢？当然，这不是什么故意的传递，这是心紧贴着心的自自然然的一种传递，是这样吧？这就是我们的人民，多好的人民……

"老甄，该开会了吧？"

他听出来，是办公室主任在他身后提醒他。

　　是啊，是该开会了。　自己看这棵小花栎树看得恐怕太久了些。　他转过身来，看见模模糊糊的一片人群。　他忘记拭去眼里的云雾了。　他掏出手绢，擦了擦眼，便清晰地看到阳光灿烂下的基层干部和庄稼人，一个个，他今天特别感到都是那么质朴和亲切。　他想在人群里找那传递信息的人，他看见沙打旺和崔志云坐在人群的后面，和他们坐在一起的还有乔三元，这个农民作家，他熟识的，"文化大革命"中，这个乔三元也被揪到城里去游过街的。　在他们旁边，还有一位知识分子模样戴眼镜白头发的人，不认识是谁。

　　他稍为平静了一下自己的情绪，这才向办公室主任说：

　　"开始吧。"

　　办公室主任宣布中共山阳县委常委扩大会议开始，除贾青同志因病请假外其他常委全都到会。　他讲了这个会议将要讨论揭批查的遗留、农村经济政策、平反冤假错案、生态平衡等四个问题。　会分成两段开，第一段一天，在花栎山开；第二段四天，回到县委开。　第二段，除常委外其他同志就不参加了。　他说，所以要拉到花栎山上来开这么一天会，是根据甄山同志的建议。　甄山同志向常委建议到花栎山来开会时，曾经说过，春天的花栎山有好景致看，大家都应该来一饱眼福（说到这里，办公室主任笑了一下）。　接着，他把花栎山这一天会议的具体安排讲了讲。

　　会议按照宣布的安排进行：

　　一、参观花栎山——四望山大队的文物保护单位。　参观中议论风生。

二、崔志云给大家念了一遍关于花栎山的解说词。 这后生娃还是第一次在这么大的场面讲话，开始有点怯场，后来就好了。 他的解说引起强烈反响。

三、马中骏做了关于生态平衡问题的发言。 有情况，有数据，听众都很信服，农委主任插话说，根据甄山同志的建议，县里已成立了调查研究生态平衡情况的专门班子，希望各公社都能积极协同，争取在今年国庆前把全县生态平衡情况调查清楚。

四、林秀水代表县人民法院，宣布：关于对沙打旺一九五八年因破坏大炼钢铁的反革命罪被判三年徒刑一案，予以平反的决定。 坐在沙打旺身边的乔三元，感到沙打旺的身体颤动了一下。

五、甄山代表县委常委宣布：恢复沙打旺同志林业特等劳动模范名誉的决定。 掌声。 宣布完后，请沙打旺到前面来领取劳动模范奖状。 沙打旺扶着乔三元往起站，竟没站起来。 崔志云搀扶着他走到甄山的面前。 甄山给他戴了红花，发给了他奖状。 崔志云这个后生娃看见，递接奖状的两双手都是颤动的，县委书记和林管员是泪眼相对的。

中午，大家都带着干粮，四望山大队的人们挑来了开水，开会的人们没有下山。 散会前，甄山讲了几句话。

"我讲几句话。 没有来得及和常委们议论，是我个人的意见。

"第一句话，今天请大家到花栎山上来，是来听我的自我批评的。 大家已经参观过这片废墟，这片五八年的古战场。 这是我当时作为一个县委书记欠下的账。 是我的疮疤。

"第二句话，中央组织工作着重点的转移，是一项伟大的战略转移。 我们有的同志，对打倒'四人帮'是拥护的，对三中全会的精神，却总是忧心忡忡，不那么通，甚至抵触。 这种人可以叫作倒四颠三派。 我希望我自己不做这种人。 我也希望我们山阳县的党员和干部，都不做这种人。我希望我们大家都不要掉队。

"第三句话，规律是不能创造的。 只能发现，不能创造。 生态平衡遭到了严重的破坏，便是证明。 我们受到了惩罚。 我们是应当变得比较聪明一点了。

"第四句话，我希望加快平反冤假错案的步伐。 按照我的理解，这也是一种恢复生态平衡。 我们中国人类社会的生态平衡，由于历次扩大化的阶级斗争，遭到了相当严重的破坏。 恢复这种生态平衡，是安定团结的政治局面所绝对必需的，是伟大的向四化建设的战略转移所绝对必需的。

"第五句话，加快落实农村经济政策的步伐，实行包括包产到户在内的各种生产责任制，尊重农民群众在社会主义道路上的各种实践。 农业生产责任制，实际上是调整农民和土地的关系，我们必将看到它的伟大生命力的生动表现。

"其他，揭批查的遗留问题，也要抓紧做好，善始善终。

"就这么几句话。 完了。"

在卧虎公社吃完晚饭，向马中骏他们握别时，甄山想起来，应当过问一下小马的个人问题。 但是没有时间了。 其他同志都已上了车，在等着。 他坐在司机旁边的座位上，还在想：应当抽时间过问一下。 马中骏的青春是在"四人帮"的监狱里葬送的。 如今三十二岁了，个人问题应当解决了。 只是不知林秀水有了对象没有？ 她的态度怎样？ 马中骏对林秀水的档案背得倒熟……

大约太疲累了，甄山竟迷迷糊糊地睡着了。 睁开眼来，已看到了山阳县城的灯火。 他回过身来向车的后座喊：

"老贾！"

坐在后座上的办公室主任说：

"老贾不是上地区看病去了吗？"

"老贾病了？ 啊，啊，是的，是的，他是病了。"

七、补遗。

《奔流》编辑部的林嘉同志真的来了。 他赶上了看花栎山会议那个动人的场景，赶上了听甄山那篇精彩的发言。 他那躲在镜片后面的近视眼里，好像也在燃烧着一点什么。

这位编辑同志，已听过乔三元讲他的林管员的素材，包括这个素材的一些新的发展。 花栎山会议的这天夜晚，编辑和作者在交谈这篇作品的构思。 乔三元备了一壶家酿黄酒，一盘调杏仁。

各人面前放个碗，随意斟，权当茶喝。

"素材本身动人。 故事是发生在三中全会后的第一个春天，这是故事的时代背景。 现在要考虑怎样把主题开掘得更深一些。 你们的县委书记甄山同志，对三中全会的认识和理解，是很独到的。 历史将做出证明，无论怎样高地估价三中全会的功绩，都是不为过的。 有了三中全会，我们生活的旋律，我们生活的色调，都要发生根本性的变化了。 主旋律是：希望和奋进！ 主色调是：绿。 老乔，你讲的生活故事，也提供了这个证明。"

"是这样的。 你看我们的老甄，我们的书记，简直是一块返青的麦田。"

"真是妙极了。 那么你说的那个老贾，那位贾书记，就是一块还未返青的麦田了。"

"是啊，恐怕还得补浇一遍返青水。"

"如果这块麦田是板结的，水渗透不进去呢？"

"也有这个可能。"

"对这个老贾，咱们适可而止。 他还正在走他自己的生活之路，他的路还没有走完。 咱不管他。 他是个悲剧人物？ 喜剧人物？ 很难说。 就是大转移时期的一个人物就是了。 原来的路走惯了，走新的路还很不习惯。"

"这样好。 就按照人物原来的样子处理。"

"色彩不能只是一种，一种就单调乏味了，也不符合生活的实际。 生活的色彩是纷纭的，各种色彩都有。 但是我认为，三中全会后，生活的主色调是绿。 就是要把这种绿意葱茏写出来。 你这题材又是写山的、树的、林管员的……"

"最最重要的，还是绿了人们的心田吧？ 老林，你说呢？"

"对极了！ 我们开掘到了！"

飘来歌声。 乔三元连忙拉着林嘉到院子里听。

清明哎时节哟雨纷纷啰，

看我吔大山啰处处青哎——

果真像是从春夜的星空中洒落下来的。

那位眼镜编辑，围着那棵刚刚绽开花朵的桃树走了一圈，好像在闻那桃花的清香。 好久，才怕惊动了什么似的喃喃地说：

"这正是你要写的小说的结尾。 是这两句歌词规定的调子，溢满着喜悦、欢乐和希望。"

这位农民作家呢，依旧仰头望星空，仿佛仍在追寻那歌声。

一九八一年岁末　广州

弱者的胜利

——南丁中篇小说管窥

何向阳

　　作为专业阅读者，我深受《被告》开头的吸引在于它的不可模仿与难以复制，那行文字是："王家兴最害怕的是潘淑芝的那一对眼睛。"王家兴是谁？ 潘淑芝是谁？ 为什么害怕？ 害怕的为什么是"一对眼睛"？ 他们不过是一个男人，一个女人，一个村代表主任，一个乡村少妇，两户对面人家，当然也是一个被告，一个原告，一个更应该是被告的原告，一个是被应成为被告的原告一再地整到了法庭监狱并延期而至有些疯癫却信念不移的"被告"。 发生于 20 世纪 50 年代初的故事在小说的元叙事意义上之所以历时经久而魅力不减，源于它自身一直延续的一种引人进入的节奏，而这一节奏的制胜点仍在于这个开放的开头，作为一部小说的第一句，它暗藏了两位主人公对峙的紧张，同时也给出了我们解开两位主人公内心的钥匙。 而后者，在 20 世纪 50 年代的小说写作中，更有着先锋的意味。

　　对应于潘淑芝的农村少妇的让王家兴害怕的一对眼睛的，是潘淑芝眼中的王家兴的"笑"，是他恶意地狞笑时露出的"闪着黑光的尖利的牙齿"。 这些浅淡的白描式书写中渗透的心理探索与双关意味，在今天看来也价值非凡。 然而，比开头、节奏和心理都更为重要的，是人物，更确切地说，是人物的信念，这信念不是通过小说家的解说表达出来的，还是女人的那对眼睛"说"出来的，是"她看到"的，相对于"憔悴的面容""流下的眼泪""委屈的、羞辱的、破烂的生活"之所见，她更看见了"蓝色的天空、金色的阳光、绿色的正在茁壮成长的垂杨柳和广阔无垠的绿色原野"，"她觉得世界这么好，死了才真可惜，才真是傻瓜。应该活下去"。

整部小说对于法庭没有过多书写，而真正"对簿公堂"的交锋是潘、王在选举会上，那段情节真是精彩有力，而"罪上加罪"的潘淑芝的"一切都会好起来的"固执相信，更使这部小说获得了某种动力。 我以为，小说更深的意旨在于对秦信式法官的"清理"，更在于"法官，这是决定人的命运的人，要是麻木了，要是像理发师谈着头发的样式那样谈着人，那真是可怕。 法官，这是一种危险的职业，需要怎样谨慎的人去做啊"的认知，这种认知即便放在六十年后的今天再看，仍是真理。 最后，小说对于人物去向的交代，简洁明快。 这一干净利落的文风在《尾巴》等作品中更发挥得淋漓尽致。

不仅语言，《尾巴》的中篇架构能力更趋成熟，它用了"小标题"法来结构全篇，譬如，"一、讲故事之前，有必要啰唆几句，诸如时代背景之类"。 其题下的开头，"公元一千九百七十六年夏季的白果树村，在许多方面回到了原始时代。 比如耕地，原是有一台拖拉机的，可是没有柴油，只好还把老牛请出来"，此后还有"比如吃粮""比如洗衣""比如取火""比如照明"等等，把时代背景交代得何其精彩，又何其充满了反讽意味，比如："人呢？ 人的情况就更为严重了，尤其值得忧虑。 据马克思主义经典作家认为，猴子变成人之后，就没有尾巴了。 有无尾巴，应当是猴子与人们相区别的标志之一。 可是，不知怎么一来，白果树村的一些人却又长了尾巴：这就回到原始社会以前去了。""人类岂能与猴类共处？ 于是，就有了一个割尾巴的运动。"南丁式的黑色幽默，不仅让我们领略到作家的才智，更成为推动整部小说上升的"旋转力"，在这样的反讽对应的变形了的"时代背景"里，我们才可理解梁满仓老汉的愚忠、梁铁的铁一般的沉默、梁继娃的睿智机警，也才能站在这个已经拨乱反正后的时代回望那一变形时代时，理解小说家写下的"割资本主义尾巴"的对于"尾巴户"的"资本主义之鸡"的革命，对于"尾巴"的手术、刀割和铁烙；理解动员会上孙德旺的"十三杯茶，八回厕所，二十六支大前门牌香烟"的艰难动员；理解梁满仓老汉的对于"两头母猪，三棵树，三十只鸡"的坦白交代；理解后生梁继娃读恩格斯《社会主义从空想到科学的发展》时的所思所想。

《尾巴》的华彩乐章是梁继娃与孙德旺的对垒一段，面对孙的"你想到其他的后果没有呢？ 比如说坐牢，杀头"的威胁，梁的"自由与生命"的回答是坦然的，面对"想社会，盼社会，谁知社会惩受罪"的民谣，孙的感觉是使鱼咬住了钓钩的喜悦，而梁的回答则是它是"人民的呼声，人民的批判。 人民对某些人搞的带引号的社会主义的批判！"社会主义不是贫困，不是劳动日值二十年一贯的两角七分钱，所以，我们的梁继娃会对"左"得可爱的县委书记孙德旺说："我可怜你们——你们这些可怜的尾巴！"并坚定地告诉他："你错了……你把权力当成了真理。 这是两个东西。权力不等于真理。"小说年轻的主人公的这种呐喊在今天仍不过时。

整部中篇小说响彻着几乎都是男性的声音，但最让我难忘的还是着墨不多的一位女性——梁张氏——送丈夫参加解放战争的伟大的农村少妇，现行反革命分子的母亲。 我发现南丁小说中总有一个女性形象，她有时是刚强坚忍的潘淑芝，有时是聪明善良的章慧，而这里这个"她"是集烈属与反属于一身的"一个独立的人"。 小说对张妮的描写是有节制的，同时也是小说中最具抒情的段落，那个年轻时冒雪跑十五里山路看歌剧《白毛女》的张妮到了中年时要去北京告状，而"夜色未退的朦胧中，她背上包袱，挎上篮子，谁也没惊动，悄悄地走了。 她过了金马河，在那个山的弯路处，停下了脚步，站了很久。 那是她的丈夫回头看她的地方，是她最后看到她丈夫身影的地方"一节文字，不仅是对"割尾巴"式的假社会主义的最大质疑，而且隐含着梁继娃所言的"人民的胜利"。 人民，当"他"聚合为"人民"时，是强大无比的，但人民不是概念，南丁为我们揭示了"人民"的每一个个体，"人民"的个体性和散在性，"人民"是人，是一个个血肉丰满、爱恨分明的独立的人，这一个个人不一定是强大的，而在生活中他们多数往往是弱者，他们生活在最底层最具体的生活里，他们顶着农民、林管员、烈属等各样的身份，叫着梁张氏、潘淑芝、沙打旺等不同的名字，但他们才是最有生命力的，只有他们会赢得历史的最后的胜利。 山坡上的连翘花开了，又一个春天来了，爱情也来了。作家在1979年至1980年铺开的纸上，写道："万物生长啊，万物生长！"

对于"绿树，红花，庄稼，真理，善良，美好，科学，民主，理想，爱情"的期盼，此后《新绿》中延续着这一主题。 当然这所有的美好的建立仍是在对于历史的反思之上的。 小土炉残骸遍布的褐色的秃山头，大炼钢铁时代的废墟，"五八年的产品"，生于"一天等于二十年"那年自称四十一岁而实际只有二十一岁的后生，"花栎山——四望山大队文物保护单位"的木牌。 在记录历史教训的黑色幽默里，我们结识了甄山、贾青、沙打旺、崔志云，还有讲述沙打旺的作家乔三元。 对于林管员的角色与荣辱的记述无须我多言，小说自有它不可转述的精道，尤其是农民家的一顿派饭，其中的论辩意味深长；而"社会主义应当放到农民的饭桌上来，可以看得见的，可以摸得着的，可以咀嚼的，可以品尝的"，"我们的人民敢于公开地批评我们党曾经有过的失误，作为一个共产党员，我是感到鼓舞的。 这与损害党的形象无关。 这正是爱护党的表现"，"我们自己的疮疤。什么疮疤呢？ '左'的疮疤！"以及"我们中国人类社会的生态平衡，由于历次扩大化的阶级斗争，遭到了相当严重的破坏"，而平反冤假错案是恢复生态平衡等认识，不仅在故事发生的十一届三中全会的第一个春天写下时有见识，就是放在今天也是意义非凡的。 小说的"补遗"写得优雅迷人，如绿意盎然的春夜，一切在返青，心田也不例外。

那位小说中的农民作家，那段艰辛生活的直接见证者，在经历了这一切黑白颠倒之后，依旧仰头望星空，他在追寻什么呢？ 他所追寻的，难道不是——

"不论是夜色未退，还是更深人静，我都听到过从大山上传来过的他的歌声，叫人以为那是从神秘的星空洒落下来的。"

正是。 生命不会止于废墟，它总是从毁掉的地方长出新枝。 这也是南丁小说为什么记录了那么多苦难却还总是怀有葱茏的绿意的原因。 这是他献给这个并不完美的世界的深沉而隽永的"完美"意念。

于此，我因爱他，也爱了这个世界。 正如我爱他思想中的"完美"，而原谅了这个世界的不够完美。

那从神秘的星空洒落下来的歌声，就这样轻轻抚过了现实的残缺，它还给世界的只是爱与谅解，这是文学之所以常青不朽的"新绿"。 于此，我不仅从中领略到 20 世纪时代风云的波谲云诡，更敬仰一个作家心向光明用笔如上的内在驱动力。

这样才可能接近并写出胜利的真正源头。 握在我们手中的笔，它看似纤柔，由此聚合的力量却强大无比。

2016 年 11 月 5 日　北京

图书在版编目（CIP）数据

新绿/南丁著；何向阳主编. —郑州：河南文艺出版社，2018.3
（百年中篇小说名家经典／何向阳总主编）
ISBN 978-7-5559-0572-1

Ⅰ.①新⋯　Ⅱ.①南⋯②何⋯　Ⅲ.①中篇小说-小说集-中国-
当代　Ⅳ.①I247.5

中国版本图书馆 CIP 数据核字（2017）第 272542 号

选题策划　陈　杰　杨彦玲
责任编辑　李亚楠
书籍设计　刘运来
责任校对　陈　炜

出版发行　河南文艺出版社
本社地址　郑州市鑫苑路 18 号 11 栋
邮政编码　450011
售书热线　0371-65379196
承印单位　河南瑞之光印刷股份有限公司
经销单位　新华书店
开　　本　787 毫米×1092 毫米　1/32
印　　张　8
字　　数　136 000
版　　次　2018 年 3 月第 1 版
印　　次　2018 年 3 月第 1 次印刷
定　　价　26.00 元

印厂地址　河南省武陟县产业集聚区东区（詹店镇）泰安路
邮政编码　454950　　电话　0391-2527860